我将宇宙随身携带
佩索阿诗集

I Carry the Universe with Me
The Collected Poems of Alberto Caeiro

[葡]费尔南多·佩索阿 著

程一身 译

雅众文化 出品

本书收入了佩索阿以阿尔贝托·卡埃罗为异名写的所有诗歌。包括三部分：《牧羊人》组诗49首，《恋爱中的牧羊人》组诗8首，以及佩索阿归于卡埃罗名下的其他69首诗，编为《牧羊人续编》。原诗大多无题，为便于区分，译者在编号的基础上增加了相应的题目。

目 录

一 牧羊人

1 我的心就像一个牧羊人 3
2 我的目光清澈 7
3 读塞萨里奥·维尔德 9
4 圣巴巴拉 11
5 丰富的形而上学 15
6 想到上帝就是违背上帝 20
7 我们唯一的财富是观看 21
8 少年耶稣的故事 22
9 我是一个牧羊人 32
10 风对你说了什么 34
11 那位女士有一架钢琴 36
12 维吉尔的牧羊人 38
13 轻轻地 39
14 我不为韵律操心 40
15 病中的歌 41
16 但愿我的生命是一辆牛车 43
17 色拉 44
18 但愿我是路上的尘土 46
19 月光在草上闪耀 47
20 我村庄的河 48
21 如果我能咬整个世界一口 50

22	夏天的微风	52
23	我的目光湛蓝如天空	54
24	我们从事物中看到的只是事物	55
25	那个自娱自乐的小孩	57
26	我把美给事物	59
27	只有自然是神圣的	61
28	神秘的诗人	62
29	我与我所说和所写的并不总是相同	64
30	我的神秘主义	65
31	如果我有时说花微笑	66
32	小酒店门口的谈话	67
33	可怜的花	70
34	我发现不思考是多么自然	71
35	月光穿过高高的树枝	73
36	有些诗人是艺术家	74
37	落日缓行在剩余的残云中	76
38	同一个太阳	77
39	事物的神秘	78
40	一只蝴蝶在我前面飞	80
41	有时在夏天的傍晚	81
42	一辆马车走在路上	83
43	我宁愿像鸟儿那样飞过	84
44	我突然从夜间醒来	85
45	那边山坡上的树丛	86
46	我坚持写诗	87
47	在一个极其晴朗的日子里	90
48	我已来过并留下	92
49	我走进房间	94

二 恋爱中的牧羊人

1. 拥有你以前   97
2. 明月高悬夜空   99
3. 由于感到了爱   100
4. 我每天都伴随着快乐和悲哀醒来   101
5. 爱就是陪伴   102
6. 我整夜不知如何入睡   103
7. 当你看得很清时   105
8. 恋爱中的牧羊人   107

三 牧羊人续编

1. 越过道路的转弯   111
2. 清理杂物   113
3. 我生活的最终价值   114
4. 事物令人惊奇的现实   115
5. 当春天再次到来   118
6. 如果我年轻时死去   119
7. 死于春天之前   122
8. 如果有人想写我的传记   124
9. 落日不是晨曦   126
10. 雨天和晴天一样美   127
11. 当青草生长在我的坟头   128
12. 从远处传来的那束光   129
13. 你谈到文明   131
14. 世界上最高贵的事情   132
15. 我将会以另一种方式醒来   133
16. 我的诗很有意义   134
17. 水就是水   135
18. 可见的事物   137
19. 我想拥有足够的时间和安静   138

20	我看见河上行驶着一条船	139
21	我相信我快死了	140
22	在一个阴云苍白的日子里	141
23	黑夜降临	144
24	我病了	145
25	接受这个宇宙	146
26	冬季很冷时	147
27	无论世界的中心是什么	149
28	最初的事实	152
29	我不太在意	154
30	战争	155
31	关于自然的所有观点	157
32	轮船开往远方	158
33	我和正在到来的早晨	159
34	最后一颗星在天亮前消失	160
35	水在勺子里晃荡有声	161
36	有人听到我的诗	162
37	世界的不公正	163
38	我为什么要把自己比成一朵花	165
39	那个我不认识的肮脏小男孩	167
40	我与那个盲人	169
41	一位姑娘咯咯的笑声	170
42	圣约翰之夜	171
43	待写之书	172
44	山坡上的牧羊人	173
45	他们想要一种比阳光更好的光	174
46	一朵玫瑰向后折叠的花瓣	176
47	我存在于睡与醒之间	177

48 他和他的步伐	178
49 我喜爱田野	179
50 我不匆忙	180
51 我存在于我的身体里	182
52 在太阳即将升起之前	183
53 像个小孩	184
54 我不知道什么是理解自己	185
55 我天生就是一个葡萄牙人	186
56 我平躺在草地上	187
57 他们和我谈到人类	188
58 我从不曾努力生活	189
59 生活在现在	190
60 我胜过石头或植物吗	192
61 也许他们是对的	195
62 隐藏的事物	197
63 为了看见田野与河流	199
64 刻在我的墓碑上	200
65 雪在万物之上	201
66 我随风行走	202
67 暴风雨后天来临的最初征兆	203
68 倒数第二首诗	205
69 最后的诗	206

附录	碎句	211
译后记	对存在之物的观看与表达	213

一　牧羊人

1 我的心就像一个牧羊人

我从不曾养羊,

可我似乎确实看管过它们。

我的心就像一个牧羊人。

它熟悉风和太阳

和季节手拉手前行

跟随并观看。

大自然空寂无人的所有宁静

来到我身旁坐定。

而我感到悲伤

随着夕阳落入我们的想象

当它在平原上变冷

你感到夜的来临

像一只蝴蝶穿过窗口。

但我的悲伤很平静

因为它自然而正当

理应充满我的心房

当它想到它存在时

我的手采花

心却不曾察觉。

就像羊的铃铛

在道路转弯的那边发出声音,

我的心思极其安静。

我只遗憾我知道它们安静,

因为如果我不知道的话,

它们不是安静而悲伤,

而是快乐而安静。

思考令人不适,就像走在雨里

当风增强时,似乎雨下得更大。

我没有雄心,也没有渴望。

做个诗人不是我的雄心,

它是我独处的方式。

有时,我愿意想象

我是一只小羊

（或一大群羊

在整个山坡上散开

因此我可以同时成为许多欢乐的生灵），

只是因为在日落时

或者当一朵云伸手遮住光芒

一股宁静迅速抚过外面的草地时，

我才感到我写下的事物。

当我坐下来写诗

或沿着大路或小径漫步

我在思想里的纸上写诗，

我感到手中有一根牧羊棍

并瞥见自己的侧影

在一个小山顶上

照顾我的羊群，巡视我的思想

或照顾我的思想，巡视我的羊群，

傻傻地微笑着，就像不理解别人说的话

却假装理解了。

我问候阅读我的每个人,

马车刚到山顶时

他们就看见我站在门口

朝他们取下宽边帽。

我向他们问好,祝愿他们阳光灿烂,

或雨润心田——当他们需要雨的时候,

祝愿他们房中

有一张心爱的椅子

他们坐在敞开的窗子旁

读我的诗。

当他们读我的诗时,我希望他们认为

我是个自然的诗人——

就像他们儿时都玩累了

在一棵老树的凉荫里

砰的一声坐下来,

用有条纹的棉罩衣袖子

从他们发烫的额头上

擦去汗水。

1914 年 3 月 8 日

2 我的目光清澈

看的时候,我的目光清澈如向日葵。
走在路上
我总是左顾右盼
有时还向身后看看……
每一刻我看到的东西
都是我以前从没见过的,
我知道如何更好地观看……
我知道如何保持一个孩子
会有的惊奇,如果它能
真正看见自身的诞生……
每一刻我都感到自己诞生
在这个永远新奇的世界上……

我信任这个世界就像信任一朵雏菊,
因为我看见了它。但我没有考虑它,
因为思考意味着不理解……

这个世界的形成并非为了让我们思考

（思考意味着眼睛有病）

而是让我们观看并认同……

我没有哲学：我只有感觉……

如果我谈到自然，并非因为我知道它是什么，

而是因为我爱它，至于我爱它的理由

是因为在爱的时候你从不明白爱的事物，

也不明白为什么爱，以及爱是什么……

爱就是永恒的纯真，

而唯一的纯真是不思考……

1914 年 3 月 8 日

3 读塞萨里奥·维尔德[1]

傍晚，我从窗台探出身，

看见田野径直从我眉毛下浮现，

我读塞萨里奥·维尔德的书

一直读到双眼冒火。

我真为他感到难过！他像个乡下人

走过城市就像被保释出狱。

但他观看房屋的样子

就像在看树，

注视街道的样子

就像凑近凝视所走的路，

领会事物的样子

就像观赏田野里的花……

---

[1] 塞萨里奥·维尔德（Cesário Verde，1855—1886），葡萄牙诗人。生前不为人知，死后被誉为葡萄牙最重要的诗人之一。（本书脚注均为译注。）

所以，他有那种大悲伤
永远也不能真正说出，
只是走在城市就像走在乡村，
悲伤，就像夹在书中的花
装在罐子里的植物……

4 圣巴巴拉

这个下午暴雨骤降

从天空沿着山坡滚下来

像一堆巨大的砾石……

就像有人从很高的窗子抖动桌布,

所有摩擦声都会合在一起

它们落下时形成一些噪声,

嘶嘶作响的雨从天而降

使道路变暗……

闪电在空中一闪

太空摇动

像一个说"不"的大头,

我不知道为什么——我不感到害怕——

我开始为圣巴巴拉祈祷[1]

仿佛我是某人的老姨妈……

啊！为圣巴巴拉祈祷

使我感到我甚至比我认为的自己

更单纯……

我感到如在家中，舒适自在

就像我已经安静地穿越了人生，

很平静，就像我院子的墙；

通过拥有它们，我拥有思想和感觉

就像花拥有香气和色彩……

它使我想成为能信仰圣巴巴拉的人……

啊，能够信仰圣巴巴拉！

（无论哪个相信圣巴巴拉的人

---

[1] 圣巴巴拉（Saint Barbara），早期的基督徒和殉教者。据说她是一位富有的异教徒之女，被父亲关进塔内，与世隔绝，成为基督徒后被父亲杀害。但其历史存疑。传说她生活于三世纪，九世纪起受到普遍崇拜，尤其是在东方。

都相信她是个可见的人

否则,他们会相信她什么?)

(多么虚假!花,树和羊群

对圣巴巴拉知道什么?……如果树枝

能思考,它永远也不会

编造圣人或天使……

它会想到太阳

发出光芒,暴雨

是我们头上的

一群愤怒的人……

啊,最简单的人

是多么病态、糊涂和蠢笨!

竟然和树与植物中存在的

清澈的朴素与健康

紧密为邻!)

而我,思考着所有这些,

再次变得不快乐……

我变得忧郁、恶心、沮丧

就像整天都有暴雨的迹象

直到夜晚,它也不曾降临……

5 丰富的形而上学

丰富的形而上学存在于对任何事物的不思考中。

关于这个世界我能想到什么？
我对这个世界没有任何观念！
如果我病了，我才会考虑这种事。

关于事物我有什么观念？
关于因果我有什么主张？
关于上帝和灵魂
以及世界的创造我有什么沉思？
我不知道。对我来说，考虑这种事就是合上我的眼睛
而不思考。是关闭窗帘
（但是我的窗户没有窗帘）。

事物的神秘？我对神秘是什么一无所知！
唯一的神秘是有人思考神秘。

当你在太阳下闭上眼睛,

开始意识不到太阳是什么

只是想到许多炽热的事物。

但是睁开眼睛看到太阳

你就不会再考虑任何事情,

因为太阳的光

比所有哲学家和诗人的思想更有价值。

阳光不知道它在做什么

因此它永不犯错,而且普遍有益。

形而上学?那些树有什么形而上学?

它们枝繁叶茂,绿意充盈

按时结出果实,并不使我们思考,

我们甚至不知道如何注意它们。

但什么形而上学比它们更好?

它们不知道它们为什么而活

甚至没有意识到它们不知道。

"事物的内在结构……"

"宇宙的内在意义……"

所有这些东西都是假的,所有这些东西毫无意义。

有人竟然这样考虑事物，简直不可思议。
就像当晨光开始闪耀，树梢上
一片曚昽的金光驱散黑暗时
思考理由和目的一样。

思考事物的内在意义
是做得太多了，就像在健康时思考健康，
或者将玻璃杯子投入泉水。

事物唯一的内在意义
就是它们根本没有内在意义。

我不相信上帝，因为我从未见过他。
如果他想让我相信他，
让我不怀疑，他就应该来和我谈话，
走进我门里，
告诉我："我来了！"

（也许有人觉得这听起来可笑
因为他们不知道什么是观看事物

不理解有人用观看事物

懂得的道理谈论它们。)

但如果上帝是花和树

是山、太阳和月光,

那我就会相信他,

我就会时刻相信他,

我的整个生活是一次祈祷,一次弥撒,

一次用眼睛和耳朵完成的圣餐仪式。

但如果上帝是树、花、

山、月光和太阳,

我为什么要叫他上帝?

我叫他花、树、山、太阳和月光;

因为如果他为了让我看见

把自己变成太阳、月光、花、树和山,

如果他作为树、山、

月光、太阳和花向我显现,

这是因为他想让我认识他

把他当作树、山、花、月光和太阳。

因此，我服从他，

（我对上帝的了解怎么能比上帝对自身的了解还多？）

我服从他，自然地生活，

就像有人张开眼睛观看，

我叫他月光、太阳、花、树和山

我爱他而不思考他，

我通过观看和倾听思考他，

我和他时时刻刻在一起。

6 想到上帝就是违背上帝

想到上帝就是违背上帝,
因为上帝不想让我们认识他,
所以他从不向我们现身……

让我们单纯而安静,
像小溪和树,
上帝爱我们,为我们创造了
美丽的事物,像树和小溪,
并赐予我们春天的绿色,
当我们此生了结,还赐予我们一条河去过……
别的便没有什么了,因为送给我们的越多,
从我们这里带走的就会越多。

7 我们唯一的财富是观看

从我的村庄,我看到的宇宙万象和你从地球上看到的一样多……
所以,我的村庄和任何其他土地一样大
因为我是我观看的尺度,
不是我高度的尺度……

城里的生活小于
在这座小山顶上我的房子里的生活。
在城市,大厦用钥匙锁住了你的视野,
遮蔽了地平线,使你的眼睛远离所有的天空,
使我们变小,因为它们剥夺了眼睛能给予我们的事物,
使我们贫穷,因为我们唯一的财富是观看。

8 少年耶稣的故事

临近春末的一天中午
我做了一个酷似照片的梦。
我看见耶稣基督来到尘世。

他沿着山边下来
又变成了一个少年,
在草地上奔跑打滚
摘了许多花,又把它们扔掉,
他大笑着,从很远的地方都能听到。
他从天国逃出来。
他太像我们了,不会伪装
成三位一体的第二位。
在天国里一切都是假的,一切都与花、
树和石头不合拍。
在天国里,他总是不得不保持庄重,
并且时常一再变成人

爬上十字架，开始死亡

头上戴着一顶荆棘的王冠，

双脚被钉子刺穿

腰间还围着一条破布

像版画中的黑人。

他们甚至不允许他有爸爸和妈妈

像别的孩子那样。

他的爸爸是两个人——

一个是名叫约瑟夫的老头，是个木匠，

并非他的生父，

另一个父亲是一只愚蠢的鸽子，

世界上唯一丑陋的鸽子

因为它既不是鸽子也不属于这个世界。

他妈妈不曾爱上男人就生下了他

她甚至不是一个女人：她是手提包

在手提包里他从天而降。

他们需要他，这个由妈妈独自生育的人，

从没有父亲去敬爱，

也不曾宣讲善良和正义！

一天，上帝睡着了

圣灵飞升而去，

他进入一个宝盒，偷去三件法宝。

借助第一件法宝，没有人知道他已逃走。

借助第二件法宝，他使自己成为一个永久的少年。

借助第三件法宝，他创造了永远被钉在十字架上的基督

把他钉在天国的十字架上

在那里他被用作其他基督徒的榜样。

然后他逃向太阳

顺着他抓住的第一道光线下到凡世。

现在他和我住在我的村子里。

他是个可爱，自然，微笑着的孩子。

他用右胳膊擦鼻子，

在水坑里到处泼水，

采了许多花，爱它们又把它们遗忘。

他向驴扔石头，

从果园偷水果

在狗的追逐中哭喊着逃跑。

因为他知道它们不喜欢他

而其他人都觉得可笑，

他追求那些少女，

她们成群结队地走在路上

头上顶着罐子

他掀起她们的裙子。

他教导了我一切。

他教我如何观看事物。

他带我看正在开花的所有花。

他向我证明石头多么令人愉快

只需把它们握在手里

观察它们一会儿。

他告诉了我上帝的许多坏事情。

他说上帝是个愚蠢而有病的老头，

总是随地吐痰，

还说下流话。

圣母玛丽亚整个下午都在织袜子。

圣灵用他的嘴给自己搔痒

然后坐在扶手椅里，把它们弄脏。

天国的所有事情都像天主教堂一样愚蠢。

他告诉我上帝对他创造的事物
一无所知——
"如果是他创造了他们,我很怀疑"——
"比如,他宣称一切众生都歌唱他的荣耀,
但是众生什么也不歌唱。
如果他们歌唱,他们就是歌手了。
一切众生存在着,再无其他,
因此,他们被称为众生。"

后来,给我讲上帝的恶行讲累了,
少年耶稣在我怀里睡去
我抱着他回到家里。

他和我待在山中我的房子里。
他是个永远的孩子,失踪的神。
他是个自然的人,
他是个微笑和玩耍的神。
因此,我确信

他就是真正的少年耶稣。

这个孩子如此富于人性,他的神圣
就是我作为一个诗人的日常生活,
这是因为他总是和我在一起,而我总是一个诗人,
我最轻微的一瞥
都充满了感情,
最小的声音,无论它可能是什么,
似乎都是对我说的。

待在我住处的这个新孩子
把一只手伸向我
另一只手伸向存在的万物
因此,无论走在什么路上,我们仨都结伴而行,
又是跳又是唱又是笑
并喜欢我们共同的秘密
那就是完全清楚
世界上并无秘密
一切都值得努力。
这个永恒的孩子总是陪着我。

我眼睛的方向跟随他指点的手指。
我对所有声音都专注而快乐地倾听
他戏谑地逗乐了我的耳朵。

在万物的陪伴下
我们相处得如此友好
以至于从没有想到彼此,
但是我们俩生活在一起
有一种内心的约定
就像右手和左手。

傍晚,我们在房门的台阶上
玩抛接子游戏,
庄重得符合神和诗人的身份,
好像每个球
都是一个完整的宇宙
因此,如果让它落到地上
将是一个巨大的危险。

后来我告诉他只有人能做的事情

他笑了,因为那都是不可思议的。

他嘲笑国王,也嘲笑那些不是国王的人,

听到战争时,他感到受了伤害,

还有商业,轮船冒出的浓烟

悬浮在公海上。

因为他知道所有这些都不真实:

一朵花在盛开时拥有真实

它随阳光而移动

改变山峦和深谷

并使粉刷的墙壁刺伤人的眼睛。

然后他入睡了,我送他上床。

在房中我把他抱在怀里

让他躺下,慢慢脱去他的衣裳

就像遵循圣洁的宗教仪式

母亲般地对待他,直到他赤身裸体。

他睡在我心中

有时他在夜间醒来

和我的梦一起玩耍。

他把我的梦抛满了天空，
把一个梦放在另一个梦上面
然后一个人拍手称快
冲着我的睡姿微笑。

当我死去，小男孩，
让我成为一个孩子，最小的孩子，
把我紧紧抱在你怀里
把我抱进你的房间。
脱去我疲惫的人体形骸
把我放在你的床上。
如果我醒来，给我讲故事，
让我再次入眠。
把你的梦给我玩耍
直到那一天来临——
你知道我指的是哪一天。

这就是我的少年耶稣的故事。

和哲学家思考的一切

和宗教教导的一切相比

它不太真实

你可知道到底是什么原因？

* 少年耶稣这个令人震惊的梦可能是所有现代诗歌中最具原创性的作品。在卡埃罗的作品中，似乎存在着一种彻底的不可能，他不可能不新颖地感受一切。他的意见属于这样一个人，他渴望告诉上帝关于世界起源的一些事情。他似乎比我们所有其他人都年轻几个世纪，并只有通过他新颖构思中的短缺、虚弱或犹豫才能和我们联系在一起。他的诗性思想的空隙塞满了我们衰竭的思想模式的碎片……

9 我是一个牧羊人

我是一个牧羊人。
羊群是我的思想
而我的思想都是感觉。
我思考用眼睛和耳朵
用手和脚
用鼻子和嘴巴。

思考一朵花就是看它并嗅它
吃一块水果就是了解它的意义。

因此，在一个热天
我由于太喜欢它而感到悲哀，
于是，我纵躺在草地上
合上热辣辣的眼睛，
我感到我的整个身体躺在现实上
我因体验到真理而快乐起来。

＊得知这首最具原创性的清澈诗歌,这首当今最纯粹的诗歌,竟然出自一个唯物主义者之手,我们不应陷入邪恶的怀疑。得知这个彻底而绝对的唯物主义者,却拥有所有神秘主义者那种精神上的优雅,我们不能因这种天然的矛盾而费力地转过身去。如果有人告诉我们有个当代诗人,他创造了一种全新的诗歌,与我们的诗歌完全不同——也许我们会选择转过身去,几乎不［……］阿尔贝托·卡埃罗意识到了所有这些矛盾。我们致敬这位最具原创性的现代诗人,所有时代中最伟大的诗人之一……

10 风对你说了什么

"嗨,牧羊人,
在路边,
吹拂的风对你说了什么?"

"它是风,它在吹,
以前它吹过
还会再吹。
它对你说了什么?"

"比这多得多。
它对我说了许多别的事情。
说到记忆和渴望
说到从来没有的事情。"

"你从不曾听过风吹。
风只谈论风。

你从风中听到的是谎言,

而谎言在你心里。"

* 他的诗如此自然,有时看起来并不伟大,也不崇高……它如此自然而单纯,以至于我们忘了它是全新的,完全原创的。

11 那位女士有一架钢琴

那位女士有一架钢琴。
它很美妙,但不是河的奔流
也不是树发出的低语……

谁需要钢琴?
最好拥有听力
并热爱自然。

本诗的另一个版本:

那位女士有一架钢琴。
它很动听,但这是她演奏出来的。
她演奏了一支现成的曲子,
不是狭窄小溪的细微水声
也不是高树发出的遥远回声。
最好没有钢琴
只倾听事物天然的声音。

          1930 年 1 月 1 日

12 维吉尔的牧羊人 [1]

维吉尔的牧羊人吹奏笛子和其他乐器

他们文雅地歌唱爱情。

(所以他们说——我从不读维吉尔。

我为什么要读他呢?)

维吉尔的牧羊人——可怜的家伙——就是维吉尔,

而自然是美丽、古老而恰当的,它就在这里。

1919 年 4 月 12 日

---

1 维吉尔(Virgil,前 70—前 19),古罗马大诗人,著有长诗《牧歌》《农事诗》,史诗《埃涅阿斯纪》等。

13 轻轻地

轻轻地,轻轻地,极轻极轻地
风极轻地吹着,
然后停下来,总是极轻的。
我不知道我在想什么,
我也不想知道。

14 我不为韵律操心

我不为韵律操心。两棵树
从不会相同,一棵挨着另一棵。
我思考并写作,像花有颜色,
只是表达我自己的方式不太完美,
因为我缺乏天赐的朴素
——只成就我的外形。

我观看我感动,
感动就像水流下斜坡,
我写的诗如此自然,就像起风……

1914 年 3 月 7 日

15 病中的歌

这首歌后面的四首歌

和我想的一切截然不同，

对我感到的一切说谎，

与我这个人相反……

我在病中写下它们

因此它们是自然的

它们与我的感受一致，

它们与它们不一致的事物一致……

由于患病，我的思想

应该和健康时的想法相反

（否则我就不曾患病），

我的感受

应该和健康时的感受相反，

我应该向我的天性奉献谎言

违背我作为一个人感受的确定性……

我应该完全患病——观念和一切。

在病中，我不会因别的事生病。

因此，这些否定我的歌

并不能否定我

它们是我夜间的风景，

相反的同一个……

* 在卡埃罗的诗中，我欣赏的是强烈的思想——是的，一种理性——将他的诗结合成一个统一的整体。事实上，他从不自相矛盾，当他确实似乎出现自相矛盾时，在他作品的某些角落里，存在着对指责的预见与答复。思想战胜了灵感，这不是作品自身的一种深刻的连贯性吗？或者像希腊人那样感受并透视一切，这不是巨大的天才吗？无论在哪种假设里，这个文学大师都是伟大的，对我们时代彩饰的琐碎来说甚至太宏大了。

16 但愿我的生命是一辆牛车

我愿我的生命是一辆牛车
清晨嘎吱作响地走在路上
当它到达它要去的地方,傍晚
开始沿着同一条路返回。

我不必拥有希望——只拥有车轮……
我的老年不会有皱纹,头发也不会变白……
当我不再有用时,他们会拆下我的车轮
将我打碎在沟里,我会死去。

要不,他们会把我改造成其他东西
我也不知道我被改造成什么……
但我不是牛车,我是别的事物
而且我是多么与众不同,他们从不会说。

1914 年 3 月 4 日

17 色拉 [1]

我盘子里的"自然"多么混乱!
我的植物姐妹,
春天的伙伴,那些圣人
却无人向他们祈祷……

它们被切开,端到我们桌上
在旅馆里,喧闹的客人
背着捆扎好的毛毯走进来
漫不经心地点着"色拉"……

没有想到他们向大地母亲要求
她的新鲜和她最初的孩子,
她说过的最初的稚嫩的话,
鲜活的彩虹色的最初事物,

---

1 题目为原诗所有。

诺亚看到

当洪水下降,山顶

露出绿色和湿地

而在鸽子出现的空中

彩虹的光渐渐微弱……

      1914年3月7日

---

* 在第17首诗里,我们可以轻易看出卡埃罗的主要影响:塞萨里奥·维尔德与葡萄牙的新泛神论派。第七行纯粹是塞萨里奥·维尔德式的句子。其语调总体上比较接近帕斯卡埃斯。

18 但愿我是路上的尘土

但愿我是路上的尘土

让穷人的脚踏在我身上……

但愿我是奔流的河

让洗衣女工站在我的岸上……

但愿我是河畔的杨树

只有天空在我上面,河水在下面……

但愿我是磨坊主的一头驴子

他打我并照顾我……

这比过了一辈子却回想

和懊悔生活好得多……

1914 年

19 月光在草上闪耀

月光在草上闪耀,

我不知道它让我想起什么……

它让我想起我的老女仆

给我讲童话故事

我们的圣母穿得多么像乞丐

夜间走在路上,

帮助被虐待的儿童……

如果我不再相信它们是真的,

为什么月光还在草上闪耀?

20 我村庄的河

特茹河比流过我村庄的河更美丽,
但是特茹河并不比流过我村庄的河更美丽,
因为特茹河并非流过我村庄的河。

特茹河上有许多大轮船
仍在那里航行,
对于那些观看已消失的一切的人来说,
是记忆中的舰队。

特茹河发源于西班牙
在葡萄牙注入大海。
人人都知道这一点。
但是不多的人知道我村庄的河
以及它从哪里来
流到哪里去。
因此,由于它属于少数人,

我村庄的河更自由,更阔大。

通过特茹河你可以去全世界。
特茹河的那边是美国
和你可能在那里发现的财富。
但没有人想过
我村庄的河那边是什么。

我村庄的河不会让你想起任何事情。
当你站在它的岸边,你只是站在它的岸边。

21 如果我能咬整个世界一口

如果我能咬整个世界一口

用我的腭品味它

如果大地是可咬入之物

那一瞬间我会更快乐……

但我并不总想快乐。

有时陷入不快

非常自然……

并非每天都是晴朗的。

如果长期不下雨,你就会祈求它来临。

因此,我对待不幸和幸福

很自然,就像有人发现

有高山与平原

有大岩石与草地

并不奇怪一样……

在幸福与不幸中

你需要的是自然和平静,

像有人观看一样感受,

像有人走路一样思考,

当死亡来临,记住死亡的日子,

落日是美丽的,无尽的夜晚是美丽的……

这是它存在的方式,也是我应有的方式……

1914 年 3 月 7 日

22 夏天的微风

就像有人在夏天打开自己的房门
用他的整张脸凝视田野的热浪
有时,自然突然向我打来一记耳光
正好落在我感受的脸上,
我变得迷惑,烦恼,渴望理解
我不能真正理解的道理和事物……

但是谁在告诉我渴望理解?
谁说我不得不理解?

当夏天强光照射时,它的微风
像热手一样贴在我脸上,
我并不因为它是微风而感到快乐,
也不因为它热而感到不快乐,

无论如何我感觉它,

所以,我应该像我感觉它的那样感觉它,因为这是我感觉它的方式……

23 我的目光湛蓝如天空

我的目光湛蓝如天空,
平静如阳光下的水。
就是这样,湛蓝而平静,
因为它不怀疑也不诧异……

如果我怀疑或诧异
新的花不会在草地上开放
太阳下的一切也不会使它变得更美。

(即使新的花在草地上开放
太阳变得更美,
我会感到草地上的花更少
并认为太阳更丑……
因为一切如其所是,所以事物就是它们本身,
我接受,甚至并不感激,
因此我似乎不考虑它……)

24 我们从事物中看到的只是事物

我们从事物中看到的只是事物。
如果有别的,为什么我们只看到事物呢?
如果观看与倾听只是观看与倾听
那么,观看与倾听怎么会变成自我欺骗呢?

最重要的是知道如何观看,
知道如何不假思考地观看,
知道观看时如何观看,
观看的时候不思考
思考的时候不观看。

但这(可怜的我们只有装扮过的灵魂!),
这需要深入的学习,
做一个故意忘却以前所学的学徒,
隔绝修道院的自由,
在修道院里诗人声称星星是永恒的修士,

花是只活一天的悔过的修女,

但那里的星星事实上只不过是星星,

花只不过是花,

这正是它们被叫作星星和花的原因。

        1914 年 3 月 13 日

25 那个自娱自乐的小孩

那个自娱自乐的小孩
用一根麦秆吹出那些肥皂泡
显然是一部完整的哲学。

像自然一样清澈,无用,转瞬飞逝,
属于养眼之物,
它们就是它们所是的东西
一个个既小又圆的精确气体,
没有人,甚至这个吹气泡的小孩,
也不能妄称气泡比它们自身显示的更多。

在透明的空气中,有些气泡难以看到。
它们就像微风,几乎连花都吹不动
而我们只知道它在吹
因为有的事物在我们心里变得明亮

可以更透明地接受一切。

1914 年 3 月 13 日

* 第 25 首诗极其完美,这首诗看起来真像他思想的一朵飞行的肥皂泡。

26 我把美给事物

有时,在光线完美而精确的日子里,
既然事物拥有它们能有的一切现实,
我慢慢地问自己
为什么我还把美
奉送给事物。

一朵花真的拥有美吗?
一颗水果真的拥有美吗?
不:它们只有颜色
形式和存在。
美是不存在的事物的名字
我把美给事物以交换它们给我的快乐。
它毫无意义。
那么,我为什么说,"事物是美的"?

是的,面对事物,

面对朴素存在的事物,

甚至我这个生活单纯的人,

也无形中受到人们谎言的侵袭。

忠实于你自己,只看见你能看见的事物,这多么困难!

1914 年 3 月 11 日

27 只有自然是神圣的

只有自然是神圣的,而她又不是神圣的……

如果我谈她就像她是一个人
这是因为我需要用人的语言谈论她
人赋予事物以人格,
并为事物强行起一个名字。

但事物并没有名字或人格:
它们存在,天空广大、大地辽阔,
而我们的心只有一个紧握的拳头那么大……

祝福我吧,为我不知道的一切。
这确实是我的全部。
我热爱这一切,就像你知道有一个太阳。

28 神秘的诗人

今天我读了将近两页
这本书是一个神秘诗人写的
我大笑起来,就像有人嚎啕大哭。

神秘的诗人是病态的哲学家
而哲学家是疯狂的。

神秘的诗人说花可以感觉
他们说石头有灵魂
他们说河在月光下充满狂喜。

但是如果花可以感觉,它们就不是花了,
它们会成为人;
如果石头有灵魂,它们就是生物,而不是石头了;
如果河在月光下充满狂喜,
河将成为病人。

你必定不了解花、石头与河是什么
才去谈论它们的感觉。
谈论石头、花和河的灵魂，
就是谈论你自己和你的错误思想。
感谢上帝，石头只是石头，
河只是河，
花只是花。

至于我，我写单调的诗
我很平静，
因为我知道从外部理解自然
而不是从内部理解自然
因为自然并没有内部；
如果有内部的话，她就不是自然了。

29 我与我所说和所写的并不总是相同

我与我所说和所写的并不总是相同。

我变化,但整体上变化不大。

花的颜色在阳光下

不同于一朵云飘过时

当黑夜降临时

花就是阴影的颜色。

但任何看得确切的人都能看出它们是同样的花。

因此当我似乎与自己不一致时,

仔细地观察我吧:

有时我想向右走,

也许会向左转,

但仍是我,站在同一双脚上——

一贯相同,感谢蓝天和大地

感谢我专注的眼睛和耳朵

感谢我心灵的清澈单纯……

30 我的神秘主义

如果他们想让我拥有某种神秘主义,好的,我有一种。
我是一个神秘主义者,但只限于我的身体。
我的心灵单纯,它不思考。

我的神秘主义是不想知道。
它是生动的,并不想到自己。

我不知道自然是什么:我歌唱她。
我住在一座小山之巅
一个孤单的粉刷过的房子里,
这是我的解释。

31 如果我有时说花微笑

如果我有时说花微笑
如果我说河歌唱,
这不是因为我相信花里有微笑
奔流的河里有歌声……

这是因为我想让被误导的人
更能感受花与河的真实存在。

因为我写作是为了让他们阅读,有时牺牲自己
以迎合他们愚蠢的意义……
我不同意我自己,但我原谅自己
因为我真的不把自己太当回事,
因为只有我是这个可恶的事物,自然的解释者,
因为人们并不理解她的语言,
因为它根本没有语言……

32 小酒店门口的谈话

昨天傍晚,一个都市打扮的男子
在小酒店的门口谈话。
他也和我谈话。
他谈到正义,和为正义进行的斗争
谈到受苦的工人,
谈到连续不断的工作,和那些挨饿的人,
谈到富人,他们只是背过身去。

他看着我,看到我眼里的泪水
同情地微笑着,相信我感到了
他感到的那种仇恨,以及他说
他感到的那种怜悯。

(但我并不曾真正听他说话。
我关心那些人什么,
他们的受苦,还是思考他们受苦?

让他们像我一样——然后他们就不会受苦。

世上所有的罪恶都来自我们的相互折磨，

无论行善还是作恶。

心灵、天空和土地对我们来说已经足够了。

如果想多要一些，你只会失去它，并变得不快乐。）

当这位人民的朋友谈话时

（这使我感动得流泪），

我正想着那天傍晚

羊的铃铛发出遥远的叮当声

怎么听起来不像小教堂的钟声

在小教堂里，百花和小溪将

用像我一样朴素的心灵参加弥撒。

（赞美上帝，我不是个好人

像花一样怀着本能的自私

像河一样专注地流过河床

却意识不到它的存在

只关心盛开与流淌。

这是世界上唯一的使命，

也就是说——清醒地存在着,

根本不用考虑,就知道怎么做。)

那个男人停止了谈话,凝视着落日。

但是一个既爱又恨的人想从落日得到什么呢?

33 可怜的花

可怜的花长在被严格管理的花坛里。

它们看上去就像害怕警察……

尽管如此,它们仍那么善意地为我们开花

并露出同样古老的微笑

它们期待第一个人的凝视

看着它们萌发,并轻抚它们

以查看它们能否说话……

34 我发现不思考是多么自然

我发现不思考是多么自然
有时我开始独自大笑,
我真的不知道原因,但它
跟知道那些思考的人有关…

我的墙对我的影子想到了什么?
有时我问自己这个问题,直到我意识到
我在问自己事情……
于是我对自己很恼火,感到不安
就像我的脚陷入麻木时……

这个事物对那个事物想到了什么?
什么也没有。
大地意识到了它的石头和植物了吗?
如果意识到了,它就是人……
我为什么担心这一点?

如果我考虑这些事情,
我就会看不到树和植物
也看不到大地
因为只能看到我的思想……
我会变得不快乐,停留在黑暗中。
因此,不要思考,我就会拥有大地和天空。

35 月光穿过高高的树枝

月光穿过高高的树枝,

所有诗人都说

不只是月光穿过高高的树枝。

但是对于我这个不知道思考什么的人来说,

月光穿过高高的树枝

除了是

月光穿过高高的树枝,

不会是别的什么

只是月光穿过高高的树枝。

        1914 年 3 月 11 日

36 有些诗人是艺术家

有些诗人是艺术家
他们制作诗歌
就像木匠使用木板!……

不知道如何开花多么悲哀!
必须把诗句放在诗句上,就像有人砌墙,
观看它是否好,如果不好就把它拆掉!……

唯一有艺术性的房子是整个地球
它富于变化,总是很好,而且总是同一个。

我考虑它,不像有的人思考,而像有的人不思考,
我观花而微笑……
我不知道它们是否理解我
或者我是否理解它们,
但我知道真理存在于它们和我之中

存在于我们共有的神性中

让我们在地球上行走和生活

偎依着穿过满意的季节

让风歌唱着催我们入眠

并且在睡眠中不会做梦。

37 落日缓行在剩余的残云中

像一大团肮脏的火焰

落日缓行在剩余的残云中。

在异常安静的傍晚,从远处传来一声模糊的汽笛。

必定是一列火车离开了那儿。

此刻一种模糊的向往突然向我袭来

一种模糊的平静欲望

出现又消失。

有时,在小溪的表面,

形成许多水泡

变大又破裂

毫无意义

除了它们是水泡

不断变大又破裂。

38 同一个太阳

祝福异地的同一个太阳

它使所有人成为我的兄弟

因为所有人,在一天的某个时刻,都像我一样观看它。

在这个纯粹的时刻,

一切都洁净而柔软,

伴随着一声几乎感觉不到的叹息

他们泪汪汪地追溯

真正的原始人

原始人看到日出并不崇拜。

因为这很自然——比崇拜

太阳、上帝和其他

一切不存在的事物更自然。

39 事物的神秘

事物的神秘,它在哪里?

至少向我们显示它是神秘

这种不出现的事物在哪里?

一条河对此知道什么,一棵树对此知道什么?

而我,和这些事物一样,又知道什么?

每当我观察事物就想起人们对它们的看法,

我大笑,就像一条小溪遇到石头发出的冷酷声音。

因为事物唯一的隐藏意义

就是它们根本没有隐藏的意义,

这比每种奇怪更奇怪,

比所有诗人的梦

和所有哲学家的思想更奇怪,

事物确实是它们看上去的样子

并没有什么可理解的。

是的,这就是我完全凭借感觉学到的东西——

事物没有意义:它们只有存在。

事物是事物唯一的隐藏意义。

40 一只蝴蝶在我前面飞

一只蝴蝶在我前面飞

在世界上我第一次注意到

蝴蝶没有色彩,也没有运动,

就像花没有香气,也没有色彩。

色彩是蝴蝶的翅膀里拥有的色彩。

运动是在蝴蝶的运动里运动的东西。

香气是花的香气里拥有的香气。

蝴蝶只是蝴蝶。

花只是花。

1914 年 5 月 7 日

41 有时在夏天的傍晚

有时在夏天的傍晚,

甚至连微风也没有的时刻,似乎

有一缕轻风吹拂了片刻……

但树的每一片叶子

都保持静止

我们的感觉有一种幻想,

它们有那种受到取悦的幻想……

啊,我们的感觉,病态的观看和倾听!

让我们像我们应该是的样子遵循我们的本性

而不受控于我们心里对幻想的这种需要……

对我们来说,用清晰和生命来感受就足够了

甚至不要考虑感觉有什么用……

但是感谢上帝,世界并不完美

因为不完美是个事实

难免有人犯下最初的错误

生病的人使世界更广大。

如果没有不完美,就会少一件事物

应该有许多事物

以便我们有许多可看可听的东西

(只要我们的眼睛和耳朵不关闭)……

1914 年 5 月 7 日

42 一辆马车走在路上

一辆马车走在路上,持续不停;

道路没有变得更美或更丑。

这就是人在所有外部世界的活动。

我们什么也不带走,什么也不增加,我们只是经过,

  然后遗忘;

而太阳每天都很准时。

1914 年 5 月 7 日

* 这首写在历史边上的平静注解比一百位诗人的一百首长篇颂诗更能表达人类活动的永恒空虚。

43 我宁愿像鸟儿那样飞过

我宁愿像鸟儿那样飞过不留痕迹，
而不像动物那样走过在地上留下引起回忆的事物。
鸟儿经过就被遗忘，它理应如此。
它已不在那里，因此根本无用，一个动物
以此显示它曾到过那里，这根本无用。

回忆背叛自然
因为昨天的自然已不是自然。
它只不过是虚无，而回忆就意味着看不见。

飞过，鸟，飞过，你教我飞过！

> 1914 年 5 月 7 日

44 我突然从夜间醒来

我突然从夜间醒来,

我的闹钟占据了整个夜晚。

我感觉不到外面的自然。

我的房间一团漆黑,只有墙壁隐隐发白。

外面很安静,似乎什么都不存在。

只有闹钟在喧闹中走动,

桌子上的这个布满齿轮的小东西

裹住了大地和天空的全部存在……

我几乎不能自控地思考它意味着什么,

但我恢复了清醒,我感到我用嘴角在夜里微笑,

因为我的闹钟以它的渺小充满巨大的夜晚

这意味着或象征着的唯一事情

是对巨大夜晚被充满的好奇感

这种感觉有点奇怪,因为闹钟并未以它的渺小

充满这个夜晚。

1914 年 5 月 7 日

45 那边山坡上的树丛

那边山坡上的树丛。
但它是什么,一排树?它只是树。
"排"和复数的"树"不是事物,它们是名字。

可悲的人心,把一切事物都纳入秩序,
给事物挨个画线,
把带名字的标牌挂在绝对真实的树上,
将纬线和经线绘满地球全身
而地球本身是无辜的,它比这些更翠绿更繁盛!

1914 年 5 月 7 日

46 我坚持写诗

用这种方式或那种方式,
无论它是否奏效,
有时能说出我的思想,
有时却说得很坏,甚至一团糟,
我坚持写诗,别无它求,
好像写作是无须动手的一件事,
好像写作是我巧遇的一件事
就像太阳照在户外的我身上。

我尽力说出我的感受
而不思考我感受的东西。
我尽力把词语建立在观念上
而不需要一个从思想
到词语的走廊。

我并不总能感到我知道应感受的东西。

我的思想穿越河流时,我游得很慢
因为这个西装男被他穿的衣服压垮了。

我在努力脱下我学到的东西,
我在努力忘记他们教导我的记忆方法,
并擦去他们在我的感觉上涂抹的颜料,
吐露我真正的情感,
打开自己,成为我,不是阿尔贝托·卡埃罗,
而是由自然塑造的人形动物。

因此我写作,渴望感受自然,甚至不像一个男人,
而像一个纯粹感受自然的人。
因此我写作,有时好,有时不太好,
有时达到了目标,有时未达到,
这里跌倒,那里站起来,
但一直走在我的路上,像个固执的盲人。

即便如此,我是个重要人物。
我是自然的发现者。
我是真正感觉的阿尔戈英雄。

我给宇宙带来了一个新宇宙

因为我带来了宇宙本身。

我感到这些写下这些

非常清醒

并且不会不看

这是凌晨五点钟

太阳还没有从地平线

的墙上露出它的头，

已经可以看见它的指尖

正抓着充满了低山丘的

地平线的墙的顶端。

1914 年 5 月 10 日

47 在一个极其晴朗的日子里

在一个极其晴朗的日子里,

这一天让你希望自己前天已做了许多工作

因此你没有剩下的工作要做。

我瞥见了——就像林间的一条小路——

那可能是伟大秘密的东西,

不诚实的诗人谈论的那种伟大秘密。

我没有看见自然,

自然并不存在,

有山,峡谷,平原,

有树,花,草,

有河与石头,

但没有所有这些属于的一个整体

一个真实而真正的整体

是我们观念的一种毛病。

自然只是部分,并非一个整体。

也许这才是他们谈论的秘密。

这是我的偶然发现,没有经过思考或犹豫,

这必定是真理

人人都在找它却没有发现,

只有我发现了它,因为我并未找它。

* 卡埃罗是新异教的阿西西的圣法兰西斯。(阿·莫拉)

48 我已来过并留下

从我房屋最高的窗子
挥舞着一块白手帕,我
向我奔赴人间的诗歌告别。

我既不快乐也不悲哀。
这是诗的命运。
我写下它们,就是让每个人看的
因为我不能做不同的事,
就像花不能隐藏自己的色彩,
河不能隐藏自己的奔流,
树不能隐藏自己的果实。

它们似乎坐在马车里,已离我远去,
我不禁感到后悔
似乎我的身体在疼。

谁知道谁会读它们？
谁知道它们会落到谁手里？

花，我的命运摘下我愉悦他们的眼睛。
树，他们采下我的果实愉悦他们的嘴巴。
河，我的水的命运是不能停下来陪我。
我认输并感到有些快意，
这种快意好像对悲哀的厌倦。
去吧，远远地离开我！
一棵树枯萎，但仍存留，分散到大自然里。
一朵花凋谢，它的香尘却长久持续。
一条河奔流入大海，它的水将总是它自己。

我已来过并留下，就像这个宇宙。

49 我走进房间

我走进房间,关上窗户。

他们给我送来灯,然后道声晚安,

我安静的嗓音也道了晚安。

愿我的生活永远这样:

白天充满阳光,或随着雨变软,

或一场暴风雨,直到世界终止,

一个愉快的夜晚,人群结伴走过

我透过窗子好奇地观察他们,

最后一次友好地凝视树林的安静,

随后,关上窗,灯仍在燃烧,

不再读什么,也不再想什么,甚至也不睡,

突然感到生命涌过我全身,就像一条河漫过河床,

而外面,无边的沉静如一尊熟睡的神。

二　恋爱中的牧羊人

1 拥有你以前

拥有你以前

我热爱自然,就像安静的修道士热爱基督……

现在我热爱自然

就像安静的修道士热爱圣母玛利亚,

我的虔诚一如既往,

但更诚挚更亲密。

当我和你一起穿过田野来到河畔

我看到的河流更美丽;

坐在你身边看云

我看得更清楚……

你不曾把我从自然中带走……

你不曾改变自然对我的意义……

你使自然离我更近了。

因为你的存在,我看见它更美好,但它是同一个自然,

因为你爱我,我同样爱它,但我更爱它,

因为你选择了我,让我拥有你爱你,

我的眼睛对万物凝视得更久。
我不为以前的我而后悔
因为我还是同一个人。
我只遗憾以前不曾爱你。
把你的手放在我手里
让我们保持安静,被生活环绕。

1914 年 7 月 6 日

2 明月高悬夜空

明月高悬夜空,眼下是春天。

我想起了你,内心是完整的。

一股轻风穿过空旷的田野向我吹拂。

我想起了你,轻唤你的名字。我不是我了:我很幸福。

明天你会来和我一起去田野里采花

我会和你一起穿过田野,看你采花。

我已经看到你明天和我一起在田野里采花,

但是,当你明天来到并真的和我一起采花时,

对我来说,那将是真实的快乐,也是全新的事情。

1914 年 7 月 6 日

3 由于感到了爱

由于感到了爱

我对气味产生了兴趣。

我从不曾留意花有气味。

现在我嗅到了花的香气,似乎看到了一种新事物。

我知道它们总是有气味的,就像我知道我存在一样。

它们是从外部认识的事物。

但是现在我用来自头脑深处的呼吸认识了花。

如今,我觉得花的香气品味起来很美。

如今,我有时醒来,尚未看到花,就闻到了花香。

1930 年 7 月 23 日

4 我每天都伴随着快乐和悲哀醒来

现在,我每天都伴随着快乐和悲哀醒来。

以前,我醒来时什么感觉都没有;过去我只是醒来。

我感到快乐和悲哀,因为我失去了梦境

却活在现实中:她就是我的梦中人。

我不知如何处理我的感受。

孤身一人时,我不知如何处置我自己。

我想让她和我说话,以使我再次醒来。

无论是谁,在恋爱中都不同于以往。

如果没有别人,他们只是同样的人。

        1930 年 7 月 23 日

5 爱就是陪伴

爱就是陪伴。

我不知如何独自走在路上

因为我不能再独自走路了。

一种可见的思念使我走得更快

看得更少,同时真正喜欢看见每件事物。

即使她不在也是和我在一起的。

我太爱她了,以至于不知如何需要她。

如果看不见她,我就假装看见了并假装强壮如高树。

但若见了她,我就发抖,弄不清我的感受和她不在时相比发生了什么变化。

我的一切是一种舍弃我的力量。

所有现实都注视着我,就像一朵向日葵,她的脸在向日葵的中心。

1930 年 7 月 10 日

6 我整夜不知如何入睡

我整夜不知如何入睡,想象她的样子

而不是别的,却总是和我与她在一起时不同。

我从记忆中搜索她和我说话时的情景

每次想来,她的面孔都有变化。

爱就是想念。

我几乎忘了感受,只因为我在想她。

我根本不知道我需要什么,甚至包括她,只是除了她,

 我什么都不想。

我心中酝酿着一场巨大有力的精神错乱。

当我想和她约会时,

我几乎不想遇见她,

免得随后不得不离开她。

我宁愿想她,因为不知怎地我怕她。

我真的不知道我想要什么,也不想知道我想要什么。

我想做的一切就是想她。

我对任何人一无所求,甚至对她也无所求,除了让我想她。

1930 年 7 月 10 日

7 当你看得很清时

或许当你看得很清时就不太善于感觉

也不太令人愉快,因为不合规矩。

一切事情必定有一种方式,

每件事情都有它的方式,爱亦然。

谁有办法通过牧草找到牧场

就不可能拥有使人察觉的盲目。

我爱,却不被爱,这是我最终预见的结局,

因为你并非生而被爱,而是碰巧被爱。

她的嘴唇和头发像过去一样美丽,

我仍像过去一样孤身一人在牧场。

好像我的头被压得很低,

想到这,我抬起头

金色的太阳晒干我不能控制的小小泪滴。

牧场如此广大,爱如此狭小!

我观看,我遗忘,就像水干涸、树落叶。

我不知道如何说话,因为我在感受。

我听着我的声音,似乎它是别人的,

我的声音在谈她,似乎是别人在谈。

她的金发如阳光下的黄色小麦,

说话时,她的嘴唇谈的事情不能用词语表达。

她笑起来,牙齿洁净像河中的石子。

1929 年 11 月 8 日

8 恋爱中的牧羊人

恋爱中的牧羊人丢失了他的牧羊棍,

他的羊群在山坡上走散,

因为想得太多,他甚至没有吹奏随身携带的长笛。

没有人来到他身边,或从他身边离去。他再也找不到

   他的牧羊棍。

别人咒骂他,为他牧羊。

最终却无人爱他。

当他从山坡和假相上站起来,他看到了一切:

巨大的山谷照常充满同样的绿色,

远处的高山比任何感觉更真实,

所有现实、连同天空、空气和牧场,都存在着,

久违的空气再次清凉地进入他的肺叶

感觉空气正在他胸中重新打开悲伤的自由。

1930 年 7 月 10 日

三 牧羊人续编

1 越过道路的转弯[1]

越过道路的转弯

可能有一个池塘,可能有一座城堡,

也可能还是路一直延续。

我不知道,甚至也不问。

走在转弯之前的路上,

我只看转弯之前的道路,

因为除了转弯之前的道路我什么也看不见。

观看别处和看不见的东西

对我毫无用处。

让我们只关心我们所在的地方。

这里而不是别处有足够的美丽。

如果有人越过了道路的转弯,

让他们操心道路转弯之后的事吧,

那是他们的道路。

---

1 佩索阿有一首诗叫《死亡是道路转弯》,可参看。

如果我们不得不到那儿，到达时我们就会明白。
目前我们所知道的是我们不在那儿。
这里只有转弯之前的道路，而在转弯之前
只有根本没有任何转弯的道路。

1914 年

2 清理杂物

清理杂物,

将人们四处分散的所有东西放回原处

因为他们不明白这些东西有什么用……

就像现实的房屋的一位好主妇,整理

感觉之窗的窗帘

和知觉门前的垫子

打扫观察的房间

拂去朴素观念上的灰尘……

这就是我的生活,一行诗接一行诗。

        1914 年 9 月 17 日

3 我生活的最终价值

我生活的最终（我不知道什么是"终"）价值是什么？

一个伙计说："我挣了300000元。"

另一个伙计说："我享受了3000天的荣誉。"

还有个伙计说："我良心好，这就够了……"

如果他们来问我做了什么，

我会说："我观看事物，仅此而已。

因此我将宇宙随身携带在口袋里。"

如果上帝问我："你从事物中看见了什么？"

我会回答："只是事物本身。你不能把任何别的东西置于事物中。"

因为上帝持同样的观点，他会使我成为一种新的圣人。

1914年9月17日

4 事物令人惊奇的现实

事物令人惊奇的现实

是我每天的发现。

每件事物都是它自身,

很难向别人解释这使我多么快乐,

多么满足。

成为整体,存在就足够了。

我已经写了许多诗,

当然我还会写更多,

我的每首诗都显示了这一点,

我的所有诗都是不同的,

因为存在的每件事物都是一种言说方式。

有时我开始观察一枚石头。

我不考虑它能否感受。

我不迷失自己，称它为我的姐妹。

但我喜欢它，因为它是一枚石头，

我喜欢它，因为它一无所感，

我喜欢它，因为它与我没有任何亲属关系。

有时我听到风吹

我觉得仅仅听听风吹也是值得出生的。

我不知道别人读到这句会想什么；

而我认为它肯定是好的，因为我想到了它毫不费力

也没有凭借人们会想到的某种观念；

因为我不假思索地想到了它；

因为我说出了它就像词语说出了它。

一次，他们称我为唯物主义诗人，

这使我惊奇，因为我认为

我不能被称为任何类型的诗人。

我甚至不是诗人：我看见。

如果我写的东西有价值，不是我有价值，

价值在这里,在我的诗里。

所有这些完全独立于我的意志。

        1915 年 11 月 7 日

5 当春天再次到来

当春天再次到来

也许她在这个世界上再也找不到我了。

此刻,我愿意把春天想象成一个人

当她发现失去了自己唯一的朋友

我能想象她会为我哭泣。

但春天甚至不是一件事物:

她是一种说话的方式。

甚至花和绿叶也不会回来。

会有新的花,新的绿叶。

会有其他闲适的日子。

什么都不会回来,什么都不会重复自己,因为一切事物都是真实的。

1915 年 11 月 7 日

6 如果我年轻时死去

如果我年轻时死去,
不曾出版一本书,
不曾看到我的诗被印出来的样子,
如果有人想为我的事业烦恼
我希望他们不要这样。
如果它这样发生了,它理应如此。

即使我的诗从不曾印刷,
如果它们真美的话,它们将拥有自身的美。
但它们不可能美而一直不被印刷,
因为尽管它们的根在地下,
花却在户外开放,它们显而易见。
它必定这样。没有什么能阻挡它。

如果我真的年轻时死去,请听我说:
我只是一个玩耍的小孩。

我是个异教徒,就像太阳和水,

我拥有普世的宗教,而人们尚不具备。

我很幸福,因为我什么也不追求,

也不努力发现任何事情,

我认为没有任何别的解释

"解释"这个词根本没有意义。

我不需要任何东西,只是生活在阳光下或雨里——

有太阳时就生活在阳光下

下雨时就生活在雨里

(绝无任何不同),

感受热、冷和风,

活着,不过如此。

我曾经爱过,我认为她爱我,

但我未被爱。

我未被爱有个主要原因——

我不必被爱。

回到阳光和雨里,

再次坐在房门前,我安慰自己。
归根到底,田野对恋爱的人
不如那些不恋爱的人那样绿。
感觉难免心神分散。

        1915 年 11 月 7 日

7 死于春天之前

当春天到来,
如果我已经死了,
花将以同样的方式开放
树的绿色也不减于去年春天。
现实并不需要我。

想到我的死毫不重要
我感到极其快乐。

如果我知道我明天死去,
而春天后天来到,
那就死得正好,因为春天后天来到。
如果死得其时,为什么还要另择时日呢?
我喜欢一切是真实的,一切是正确的;
即使我不喜欢它,我也喜欢它真实而正确,
因此,如果我现在死了,那就是好死

因为一切都是真实的,一切都是正确的。

如果他们愿意,他们可以用拉丁文对着我的棺材祈祷。
如果他们围着它跳舞唱歌,我也觉得很好。
当我不能有偏爱时,我就没有任何偏爱。
无论什么事物无论何时到来,都让它顺其自然。

1915 年 11 月 7 日

8 如果有人想写我的传记

我死后，如果有人想写我的传记

那是再简单不过的事情。

只有两个日期——我的出生和我的死亡。

在这两天之间，所有日子是我的。

我易于阐明。

我观看如同受命于天。

我毫无感伤地热爱事物。

我从不想要得不到的事物，因为我从不盲目。

甚至倾听对我来说也不过是观看的伴奏。

我理解事物是真实的，所有的真实都彼此不同。

我理解这一点是通过眼睛，从不通过思想。

如果通过思想理解它们，我将会认为一切都是相同的。

一天，我像个玩累的孩子。

闭上眼睛入睡了。

除此以外,我是唯一的自然诗人。

1915 年 11 月

9 落日不是晨曦

我从不能理解为什么有人会认为落日是令人悲哀的,
我猜这只因为落日不是晨曦。
但如果它是落日,它怎么能成为晨曦呢?

1915 年 11 月 8 日

10 雨天和晴天一样美

雨天和晴天一样美。

两者都存在,每种天气各有特色。

        1915 年 11 月 8 日

11 当青草生长在我的坟头

当青草生长在我的坟头,
使它成为我完全被忘却的标志。
自然从不回忆,因此她美丽。
如果他们对我坟头的青草怀着"解释"的病态需要,
让他们说"我保持着绿色与天然"。

1915 年 11 月 8 日

12 从远处传来的那束光

夜晚。异常漆黑。在远处的一间房子里

窗口闪耀着灯光。

我看见它,从头到脚感到了人的存在。

奇怪的是生活在那里的那个人的全部生活,我不知道他是谁,

吸引我的只是从远处传来的那束光。

我确信他的生活是真实的,他有脸庞,姿势,家庭和职业。

但现在我只关心从他的窗口射出的光。

尽管光在那里,因为是他点燃的,

那束光对我是直接的现实。

我从不超出直接的现实。

没有什么东西能超出直接的现实。

如果从我所在的地方只能看到那束光,

因为它如此遥远,与我所在的地方相关的只有那束光。

在窗户的另一边,那个人和他的家是真实的。

而我在这边,很远。

那束光熄灭了。

如果那个人继续存在,为什么我要关心他?

——只是某个继续存在的人而已。

           1915 年 11 月 8 日

13 你谈到文明

你谈到文明,并认为它不应存在,

至少不应以这种方式存在。

你说每个人,或几乎是每个人,在受苦

这是因为人那样建立了它。

你说如果事情是不同的,我们就会少受些苦。

你说如果事情恰如你所愿,那就会好多了。

我听到了你的话。却没有听信。

我为什么要听信你的话?

听信你的话不会使我更好地认识。

如果事情是不同的,它们将会不同:仅此而已。

如果事情恰如你所愿,它们只不过恰如你所愿。

真可怜,你们和其他所有人终生

试图发明一种制造幸福的机器!

14 世界上最高贵的事情

每种理论,每首诗

都比这朵花持续的时间长。

但那就像雾,它令人不快,潮湿,

而且比这朵花大……

尺码和持续时间绝对不重要……

它们只不过是尺码和持续时间而已……

重要的是什么在持续并且有持续时间……

(如果真正的尺度是现实)……

真实是世界上最高贵的事情。

1916 年 1 月 11 日

15 我将会以另一种方式醒来

害怕死?
我会以另一种方式醒来,
也许是身体,也许是继续,也许是重生,
但我将醒来。
甚至原子都不睡,为什么只有我要睡呢?

16 我的诗很有意义

因此,我的诗很有意义,而宇宙未必有意义?

在什么几何里,部分大于整体?

在何种生物中,大多数器官的寿命

能超过身体?

17 水就是水

今天有人向我读阿西西的圣法兰西斯[1]。

他们读的内容使我震惊。

一个那么热爱事物的人

怎么能对事物从不观看,也不理解呢?

如果水不是我的姐妹,为什么我称它"我的姐妹"?

为了更好地感受它?

我喝下它比称它某种事物

——姐妹,或妈妈,或女儿——感受得更好。

水就是水,因此它是美的。

如果我称它"我的姐妹",

我明白,即使在我这样称呼时,它也不是我的姐妹

它是水,最好称它水;

---

[1] 阿西西的圣法兰西斯(Francesco d'Assisi,1182—1226),又名圣方济各,生于意大利的阿西西,他创立了天主教圣方济各会和方济女修会,是宗教史上最受崇敬的人物之一。

或者，什么都不称呼也比较好，
只是喝下它，在手腕上感受它，观看它，
根本无须任何名字。

1917 年 5 月 21 日

18 可见的事物

一想到事物,我就背叛了它。
当它在我前面时,我才应该想到它,
不是思想,而是观看,
不是用思想,而是用眼睛。
可见的事物存在于被观看中,
为眼睛而存在的事物不必为思想而存在;
我整个儿沉浸其中是想而不看的时候。

我观看,事物存在。
我思想,只有我存在。

1917 年 5 月 21 日

19 我想拥有足够的时间和安静

我想拥有足够的时间和安静

什么也不想,

感觉不到自己活着,

只从他人眼睛的反射中认识自己。

1917 年 5 月 21 日

20 我看见河上行驶着一条船

从远处我看见河上行驶着一条船……

它冷漠地朝特茹河下游航行。

但不是冷漠,因为它与我无关

我也不用这个词表达凄凉。

冷漠是因为在孤立的轮船

这个事实之外它毫无意义

朝下游航行无须形而上学的许可……

下游通向大海的现实。

1917 年 10 月 1 日

21 我相信我快死了

我相信我快死了。

但死亡的意义不能感动我。

我记得死不应有意义。

生与死恰如植物的分类。

叶或花有什么分类?

什么生命有生命,什么死亡有死亡?

它们都是你们定义的术语。

唯一的区别是一个轮廓,一个终点站,一种独特的颜色,……一个……

1917 年 10 月 1 日

22 在一个阴云苍白的日子里

在一个阴云苍白的日子里,我感到悲哀,几乎是害怕,
我开始琢磨我编造的问题。

如果人成为他应该是的样子,
不是患病的动物,而是最完美的动物,
直接的动物,而不是间接的动物,
那么,他将成为一种人
用另一种方式从不同而真实的事物中发现意义。
他将获得一种"全体"的感觉;
一种对事物的"整体"感觉——如同看和听,
而不像我们所有的那种关于"整体"的思想;
也不像我们所有的那种关于事物的"整体"的观念。
那么我们就会明白——我们将不会拥有"全体"或"整
   体"的观念
因为"整体"或"全体"的意义并非来自整体或全体
而是来自真实的自然:它可能既不是全体,也不是局部。

宇宙的唯一秘密是相加，而不是相减。
我们从事物中看到的太多——这就是错误的根源，因此我们有疑惑。
存在的事物并未超出我们认为存在的事物。
现实只是真实，而不是关于现实的思想。

宇宙并非我的一个观念。
我对宇宙的观念是我的观念之一。
黑夜不会为我的眼睛降临。
降临在我眼前的是我对黑夜的观念。
在我的思想和我拥有的想法之外
黑夜具体地降临
星星的闪光存在着，似乎它拥有重量。

当我们想表达思想时，话语失效了，
当我们想思考现实时，思想失效了。
但是，思想的本质并不存在于言说中，而是存在于思索中
所以现实的本质存在于存在中，而不是被思索中。
因此，存在的一切只是存在着。

其他事物陷入一种倦意，
从童年患病以来就伴随着我们的衰老。

镜子正确地反光；它不会犯错，因为它不思索。
从本质上说，思索就是犯错，
犯错本质上就是成为盲聋。

这些真理并不完美，因为它们已被说出，
而在被说出之前，它们已被思索：
但实际上可以确定的是它们在反对
它们肯定任何事物的否定中否定了自身。
存在是唯一的肯定
反对它是我不愿的。

1917 年 10 月 1 日

23 黑夜降临

黑夜降临，热气被压下去了一些。
我神志清醒，似乎从不思考
我拥有一条根，直接和大地相连；
不是这种虚假的联系，这种被称为视觉的次要感觉
我用它把自己和事物分开
并把星星或远方的星群向我拉近——
好吧，我错了：远方的事物并不近
当我把它拉近时，我是在欺骗自己。

           1917 年 10 月 1 日

24 我病了

我病了，我的思想开始困惑

而我的身体在接触事物时进入它们当中。

我用触觉感受事物的一部分

一种巨大的自由在我心中开始形成，

一种伟大而庄严的幸福就像一桩英雄行为

在冷静而隐秘的姿势中独自完成。

1917 年 10 月 1 日

25 接受这个宇宙

接受这个宇宙
就像诸神把它赐给了你。
如果诸神想给你别的东西
他们早已做了。

如果有别的物体和别的世界——
也是如此。

1917 年 10 月 1 日

26 冬季很冷时

冬季很冷时,对我来说户外的天气真好——
因为我适于生活在事物存在的深处,
自然令人愉快,只因为它是自然的。

我接受生活的艰难,因为它们是命定的,
就像我接受深冬的严寒——
平静而没有抱怨,像别人一样只是接受,
并从接受的事实——不可避免而极其自然的
极端冷酷而艰难的事实——中发现一种快乐。

除了我个人和生活的冬天
还有什么是突然向我降临的疾病和伤害?
不定期的冬天,它出现的规律我不清楚,
但对我来说,它存在着,因为同样极端的致命性
来自同样必然的外在性
就像盛夏时大地的高温

和深冬时大地的冰冷。

我接受,基于我的个性。
像别人一样,我天生容易犯错,有缺点,
但绝不犯想理解太多的错,
绝不犯只凭借智力去理解的错,
绝没有要求世界的缺点
它可以是任何事物,但不是世界。

1917 年 10 月 24 日

27 无论世界的中心是什么

无论世界的中心是什么

它给我提供了我外面的世界,作为现实的样本,

当我说"这是真实的",即使说的是感受,

我不禁在我外面的某个地方看它,

我外面的某种幻象,不是我的。

真实意味着不存在于我的内心。

我个人内心没有现实的观念。

我知道世界存在,但我不知道我是否存在。

与我的白房子的主人的内心存在相比

我感到我的白房子的存在更确定。

我信任身体胜过灵魂,

因为我的身体就在现实的中心,

可以被别人看见,

可以触摸别人,

可以坐和站,

而我的灵魂只能通过外在的术语才能确定。

它为我存在——当我相信它事实上真正存在时——

是从我外面的世界的现实中借来的。

如果灵魂比外部世界

更真实，如你——哲学家——所说，

那么，外部世界为何被当作现实的范本赐予我们？

如果我的感觉

比我感觉的事物更确定，

那么，为什么我可以感觉，

为什么事物独立于我而出现，

不需要我而存在，

而我总是和自己在一起，总是个人的，不可传递的？

在一个我们彼此理解和想法一致的世界上

我为什么随他人而行？

如果这个世界莫名其妙地错了，只有我是正确的吗？

如果世界错了，那就是每个人都错了。

而我们每个人却各有各的错。

两者之间，世界是更确定的。

但我为什么问这些问题,除非我病了?

在某些日子里,我生活在户外的日子,
我完美、自然而透明的日子,
我感觉,没有感觉到我的感觉,
我观看,没有意识到我观看,
而宇宙从不如那时真实,
宇宙(离我既不近也不远)从不曾
如此极端的"非我"。

28 最初的事实 [1]

当我说"这是明显的"时,是否意味着"只有我看见了它"?
当我说"这是真理"时,是否意味着"这是我的观点"?
当我说"它在那儿"时,是否意味着"它不在那儿"?
如果在生活中就是这样,为什么它与在哲学里并不相同?
我们生活,然后才推究哲理;我们存在,然后才知道
　做什么,
最初的事实至少应得到优先与尊重。
是的,我们首先是外在的,然后才是内在的。
因此,我们实质上是外在的。

你说,病态的哲学家毕竟是哲学家,这是唯物主义。
但这如何是唯物主义,如果唯物主义是一种哲学,
如果一种哲学成为我的哲学,至少它是我的,

1　理查德·泽尼斯(Richard Zenith,佩索阿诗文集的主要英译者)将此诗与上一首诗合为一首。

而这根本不是我的哲学,甚至我也不是我?

         1917 年 10 月 24 日

29 我不太在意

我不太在意。

我不太在意什么呢？我不知道：我不太在意。

        1917 年 10 月 24 日

30 战争

战争凭借军队使世界陷入痛苦
这是哲学错误的极好典型。

像任何人类活动一样,战争要求改变。
但是战争比任何活动更甚,它要求改变,并且改变得更多,改变得更快。

但是战争造成了死亡
而死亡是我们对宇宙的蔑视。
以死亡为结果,战争证明了它是错误的。
这种错误证明改变的愿望是完全错误的。

让我们不打扰外部的宇宙以及大自然安置的其他人。
一切都是骄傲和无意识。
都想奔忙,建功,留痕。
当他的心脏停止跳动,军队的指挥官

将一片片地回归外部的宇宙。

自然的直接化学
没有为思想留下空地。

人性是奴隶的反抗。
人性是被人民篡夺的政府。
它存在因为它被篡夺了,但它是错误的,因为篡夺意
　味着没有权力那样做。

让外部的宇宙和自然的人性永存!
将和平赐予所有前人类的事物,甚至包括人民!
将和平赐予宇宙的整个外部的本质!

1917 年 10 月 24 日

31 关于自然的所有观点

关于自然的所有观点

从不曾使草生长使花开放。

关于事物的所有知识

从不曾像一个可以拿在手里的东西;

如果科学想追求真实,

什么科学比没有科学的事物的科学更真实?

我闭上眼睛,躺在坚硬的大地上

大地如此真实,甚至我的后背都能感到。

我不需要理性——我有肩胛骨。

1918 年 5 月 29 日

32 轮船开往远方

轮船开往远方,

在你消失之后,

为什么我不像别人那样怀念你?

因为看不见你时,你已不存在。

如果怀念不存在的事物,

怀念的只不过是虚无;

我们不怀念轮船,我们怀念我们自己。

1918 年 5 月 29 日

33 我和正在到来的早晨

渐渐地,田野变得开阔,并呈现出金色。
晨光蜿蜒在凹凸有致的平原上。
我不是我正在观看的一部分:我看见了它,
它在我外面。没有感觉把我和它联系起来。
正是这种感觉把我和正在到来的早晨联系在一起。

1918 年 5 月 29 日

34 最后一颗星在天亮前消失

最后一颗星在天亮前消失,

我用平静的眼睛凝视你颤抖而发白的蔚蓝,

我看见你独立于我,

我因能成功地看见你而快乐

除了看见你,根本没有任何"好心情"。

对我来说,你的美存在于你当中。

你的壮观存在于你当中,而完全在我外面。

1918 年 5 月 29 日

35 水在勺子里晃荡有声

水在勺子里晃荡有声,我把它举到嘴边。
"那是一种凉凉的声音",递给我勺子的人说。
我笑了。那声音只不过是晃荡之声。
我喝下水,没有从喉咙里听到任何声音。

1918 年 5 月 29 日

36 有人听到我的诗

有人听到我的诗,对我说:其中有何新意?
人人都知道花是花,树是树。
但我说不是人人,而是无人。
因为人人都爱花,因为它们美,我却不同。
人人都爱树,因为它们是绿的而且有荫,但不是我。
我爱花,因为它就是花。
我爱树,因为它是树,并不包含我的思想。

1918 年 5 月 29 日

37 世界的不公正

昨天,那个"他的真理"的传道者
又和我谈话。
他谈到工人阶级的受苦
(没有谈到受苦的人,毕竟他们真的在受苦)。
他谈到不公正,某些人有钱,
而其他人在挨饿,但我不知道他这样说是渴望得到食物,
还是渴望得到别人的饭后甜点。
他谈到了使他恼火的一切。

如果能考虑别人的不幸,他一定很幸福!
他很愚蠢:如果他不知道别人的不幸是别人的
而且不能从外部治愈——
受苦可不像耗尽了墨水
也不像没有铁箍的大箱子!

不公正就像死亡一样存在着。

我决不采取行动改变

他们所谓的世界的不公正。

为此所走的一千步

只不过是一千步。

我接受不公正,就像接受一块不太圆的石头,

就像楝树没有长成松树或橡树。

我把一个橙子切成两半,两半不可能相等。

我将要把它们两个都吃掉——我对哪个不公正?

* 你死于青春,就像诸神相爱时渴望的那样。——里卡多·雷斯[1]

---

[1] 里卡多·雷斯(Ricardo Reis),佩索阿的另一个异名。

38 我为什么要把自己比成一朵花

但是我为什么要把自己比成花，如果我是我
而花是花？

啊，让我们不做任何比拟；让我们观看。
让我们忘记类比，暗喻，明喻。
把一件事物比成另一件事物就是忘记那件事物。
当我们关注它时，什么也不会使我们想到别的事物。
每个事物只让我们想到它自己
而绝不是别的什么东西。
事实是，它把自己和其他事物区别开来
（别的事物不是它）。
一切事物都不同于另一个不是它的事物。

什么？我的价值胜过一朵花
因为它不知道它有色彩而我知道，
因为它不知道它有香气而我知道，

因为它没有意识到我而我意识到了它?

但是一件事物和另一件事物有何关系?
以至于超过它或低于它?
是的,我意识到了植物,而它不曾意识到我。
但如果意识的形式被意识到,那里面有什么呢?
如果植物能说话,它会对我说:你的气味在哪儿?
它会对我说:你有意识因为意识是人的特点
而我没有意识因为我是花,不是人。
我有气味而你没有,因为我是花……

39 那个我不认识的肮脏小男孩

那个我不认识的肮脏小男孩在我门前玩耍,
我不会问你是否带给我象征的词语。
我觉得你可爱,因为我以前从不曾见过你,
当然,如果你洁净,你将是另一个小孩,
你就不会来到这里。
在你需要的肮脏中玩耍!
我只用眼睛欣赏你的出现。
对事物的初见总是胜过对它的熟视,
因为熟视就像从不曾有过初见,
而从不曾有过初见不过是听说。

这个孩子的肮脏不同于别的孩子的肮脏。
继续玩耍!当你捡起一块合手的石头,
你知道它合你的手。
什么哲学能达成更大的确定性?

没有人,没有人曾来我门前玩耍。

1919 年 4 月 12 日

40 我与那个盲人

真理,谎言,确定性,不确定性……

路边的那个盲人也知道这些词。

我坐在最高的台阶上,双手紧握

放在交叉的膝盖顶上。

哦,那么,什么是真理,谎言,确定性和不确定性?

那个盲人停在路上,

我松开膝盖顶上的双手。

真理,谎言,确定性,不确定性是同样的吗?

现实的一部分——我的膝盖和我的双手——发生了变化。

什么科学能解释这一点?

那个盲人继续走路,我不再用手做任何别的事情。

不再是相同的时刻,相同的人,没有什么是相同的。

这就是真实。

1919 年 4 月 12 日

41 一位姑娘咯咯的笑声

路上一位姑娘咯咯的笑声回响在空中。
她在笑某个我没看见的人刚说过的话。
现在我记得我听到了它。
但是如果他们现在告诉我从路上传来一位姑娘咯咯的笑声,
我会说: 不, 是山峦, 阳光下的土地, 太阳, 此处的这座房子,
而我只听到血液在我头颅两侧的生命中安静的奔流声。

1919 年 4 月 12 日

42 圣约翰之夜

圣约翰之夜在我院墙那边。

在这边,是我,并无圣约翰之夜。

因为圣约翰在他们庆祝他的地方。

对我来说,只有来自夜间篝火之光的影子,

人们的欢笑声,砰砰的脚步声。

以及某个不知道我存在的人的偶尔呼喊声。

1919 年 4 月 12 日

43 待写之书 [1]

神秘主义者,你从万物中都能看出意义。
对你来说,万物都有一种隐藏的意义。
在你看到的万物中都有某种隐藏的东西。
你看见的事物,你总能看见它,因此你能看到别的东西。

而我,由于我的眼睛只观看,
我从万物中看不到任何意义;
看到这一点,我爱自己,因为成为一件事物就意味着无意义。
成为一件事物就不会受到解释的影响。

1919 年 4 月 12 日

1　此标题为原诗所有。

44 山坡上的牧羊人

山坡上的牧羊人,你和你的羊群离我那么远——

似乎你拥有幸福——是你的还是我的?

看到你我感到安静,它属于你还是属于我?

不,牧羊人,它不属于你也不属于我。

它只属于幸福和安静。

你不拥有它,因为你不知道你拥有它。

我不拥有它,因为我知道我拥有它。

它只是它,落在我们身上像阳光

照射你的后背,温暖你,而你却想到别的什么事情,

它照射我的脸,使我茫然,而我只想到太阳。

1919 年 4 月 12 日

45 他们想要一种比阳光更好的光

啊,他们想要一种比阳光更好的光!

他们想要比这些草地更绿的草地!

他们想要比我看到的这些花更美的花!

这个太阳,这些草地,这些花对我来说足够好了。

但是,如果它们不知怎么烦扰了我,

我就需要比这个太阳更太阳的太阳,

我就需要比这些草地更草地的草地,

我就需要比这些花更花的花——

一切都以完全相同的方式比现有的更理想!

那边的事物——比那边的事物更那边!

是的,有时我为并不存在的完美身体而哭泣,

但完美的身体是可能有的最身体的身体,

其余的都是人们的梦想,

是那些所见不多的人的近视,

就像那些不知如何站起来的人想坐下去。

基督教是关于椅子的一场大梦。

因为灵魂是不显现的事物,

最完美的灵魂是从不显现的灵魂——

由身体制造的灵魂,

事物的绝对身体,

绝对真实的存在,没有阴影和错误,

一件事物和它自身达成精确而完全的一致。

        1919年4月12日

46 一朵玫瑰向后折叠的花瓣

一朵玫瑰向后折叠的花瓣会被别人说成天鹅绒。

我从地上把你捡起来,靠近凝视了许久。

我院子里没有玫瑰:什么风把你吹来?

而我突然从远方归来。片刻的不适。

此刻根本没有风把你吹来。

此刻你在这里。

过去的你不是现在的你,否则整朵玫瑰都会在这里。

1919 年 4 月 12 日

47 我存在于睡与醒之间

凌晨 2:30。我醒来又睡去。
在睡眠与睡眠之间,有不同生活的时刻。

如果没有人为太阳的闪光授勋
为什么要为英雄授勋?

我总是准时睡去,准时醒来
我存在于睡与醒之间。

在那个瞬间,当我醒来,感到自己通向整个世界——
一个无所不包的伟大夜晚,
只在外面。

48 他和他的步伐

从我在一个牧场和另一个牧场看到的事物之间
一个男人的身影匆匆走过。
他的步伐随着同样真实的"他"迈动,
而我看见他和它们,它们是两件事:
那个虚伪而陌生的"男人"伴随着他的观念行走,
而他的步伐与古人走路的步法一致。
我从很远的地方看见他,根本没有任何想法。
多么完美他存在于他自身中——他的身体,
他的真正现实不是有欲望或希望,
而是肌肉和使用肌肉的正确与非个人的方式。

1919 年 4 月 20 日

49 我喜爱田野

我喜爱田野,却没有观看它们。
你问我为什么喜爱它们。
因为我喜爱它们就是我的回答。
喜爱一朵花就会无意识地站在它旁边
并在你最模糊的观念里意识到它的香气。
看的时候,我不喜爱:我观看。
我闭上眼睛,而我的身体,在草间,
完全属于那个闭上眼睛的人的外面——
属于芳香而崎岖的大地的那种新鲜的坚硬;
而存在的事物发出某种模糊的喧闹声,
只有光的红色影子轻轻压进我的眼窝,
只有剩余的生命在倾听。

1919 年 4 月 20 日

50 我不匆忙

我不匆忙,忙什么呢?

太阳和月亮不慌不忙,它们是对的。

匆忙是相信人可以跑过他们的双腿

或者当他们跳跃时能跳过自己的影子。

不;我一点儿也不匆忙。

如果我伸出胳膊,正好达到胳膊达到的地方——

甚至不超过一厘米。

我只触摸我能触摸的地方,而不是我想触摸的地方。

我只坐在我所在的地方。

这确实可笑,就像所有真正正确的真理一样,

但确实确实可笑的是我们常常想到别的事情,

我们总是在它外面,因为我们在这里。

1919 年 6 月 20 日

本诗的另一个版本:

我不匆忙:太阳和月亮也不匆忙。

没有人比他们的腿跑得更快。

如果我想去的地方很遥远,我不会马上就到那里。

1919 年 6 月 20 日

51 我存在于我的身体里

是的：我存在于我的身体里。

我不曾把太阳或月亮装在我的口袋里。

我不想征服世界，因为我睡眠很差，

我不想吃掉世界作为午餐，因为我只有一个胃。

我冷漠吗？

不，我是大地的孩子，如果跳起来，就是错的，

因为空中的瞬间并不属于我们，

当双脚再次落到地面时才是快乐的，

砰！在现实中，什么都不缺少！

1919 年 6 月 20 日

52 在太阳即将升起之前

在太阳即将升起之前,蓝天呈现出绿色
在夕阳消失的西方,是那种发白的蓝。

事物的真实色彩是眼睛看见的——
并非白的,而是浅蓝灰的月光。

我很高兴我用我的眼睛看见了,而不是从书页读到的。

53 像个小孩

像个小孩,尚未被他们教导成大人,
我忠实于我看到和听到的东西。

54 我不知道什么是理解自己

我不知道什么是理解自己。我不朝里面观看。
我不相信我存在于自己的背面。

55 我天生就是一个葡萄牙人

我爱国吗?不,我只是一个葡萄牙人。

我天生就是一个葡萄牙人,就像我生下来就是黄头发、蓝眼睛。

如果我生下来会说话,我不得不说一种语言。

56 我平躺在草地上

我平躺在草地上

忘了他们教导我的一切。

他们教导我的一切从不曾使我更热或更冷。

他们告诉我的一切从不曾改变事物的形状。

他们教我看到的一切从不曾触动我的眼睛。

他们向我展示的一切从不在那里：只有那里的东西在那里。

57 他们和我谈到人类

他们和我谈到人类,谈到人性,
而我从未见过人类或人性。
我见过各种各样的人,彼此的不同几乎令人吃惊,
被无人居住的空间互相分开。

58 我从不曾努力生活

我从不曾努力生活。
我的生活自己度过,无论我是否需要它。
我想做的所有事情是观看,似乎我没有灵魂。
我总想观看,似乎我只有眼睛。

59 生活在现在

你说生活在现在；
只生活在现在。

但我不需要现在：我需要现实；
我需要存在的事物，而不是测量它们的时间。

什么是现在？
它是与过去和未来相关的事物。
是凭借其他事物的存在而存在的事物。
我只要现实，事物本身，而不是什么现在。

我不想把时间纳入我对事物的计划。
我不想把事物看作现在；我只想把它们看作事物。
我不想把它们与它们自己分开，并把它们看作现在。

我甚至不应该把它们看作真实的事物。

不应该把它们看作任何事物。

我应该观看它们,只是观看它们;
观看它们,直到不再考虑它们,
观看它们,不管时间,甚至不管空间,
观看,能够清除一切,只留下看见的东西。
这是观看的科学,它根本不是科学。

1920 年 7 月 19 日

60 我胜过石头或植物吗

你告诉我你胜过

石头或植物。

你告诉我你感觉,你思考,并且知道

你思考与感觉。

石头写诗吗?

植物有关于世界的观念吗?

是的:有不同。

但并非你能发现的不同

因为有意识不能使我拥有关于事物的理论——

它只能使我有意识。

我胜过石头或植物吗?我不知道。

我是不同的。我不知道什么是胜过或不如。

有意识胜过有色彩吗?

或许胜过或许不胜过。

我知道这确实不同。

没有人能证明它胜过"确实不同"。

我知道石头是真实的,植物存在。

我知道因为它们存在。

我知道因为我的感觉向我展示了。

我知道我也是真实的。

我知道因为我的感觉向我展示了,

尽管不如向我展示石头和植物那么清晰。

别的我就不知道了。

是的,我写诗,而石头不写诗。

是的,我有关于世界的观念,而植物没有。

问题是,石头不是诗人,它们是石头;

而植物只是植物,不是思想家。

我可以说我因此无论多优于它们,

也可以说我劣于它们。

但我不这样说——我说到石头:"它是石头。"

我说到植物:"它是植物。"

我说到自己:"我是我。"

我不说别的。别的还有什么可说?

1922 年 6 月 5 日

61 也许他们是对的 [1]

是的,也许他们是对的。
也许某些隐藏的东西存在于每个事物里,
但这种隐藏的事物等同于
没有隐藏的事物。

在植物中,在树里,在花里,
(在一切活着而不会说话的事物里
是意识,但不包括使它成为意识的东西),
在森林里,不是树林而是森林,
树多得不知其数,
那里住着一个仙女,从内显形于外的生命
赋予它生命;
使繁花盛开

---
1 克里斯·丹尼尔斯(Chris Daniels,佩索阿作品的英译者之一)将此诗列入变体诗,此诗与《隐藏的事物》有关联,但比后者写得早一日,故放在它前面。

绿意葱葱。

它进入动物和人。
它已经从外部进入内部，
哲学家说它是灵魂
但它不是灵魂：按照存在的方式来说
它就是动物或人自身。

两件事物完全一致
并且它们尺码相同
我认为那可能是人。

我认为这些人应该是神，
他们那样存在因为他们存在得完整，
他们不会死，因为他们和自身相同，
他们可以撒谎，因为在他们
与他们之间没有界线
也许他们不爱我们，不需要我们，也不向我们显形
因为完美之物不需要任何事物。

1922 年 6 月 4 日

62 隐藏的事物

他们说隐藏的事物居住在每个事物中。
是的,它是它自身,没有被隐藏的事物,
居住于其中。

但是我,具有意识、感觉和思想,
我像一个事物吗?
我身上什么多些什么少些?
如果我只是我的身体,我会快乐而满意——
但我也是别的事物,比只是那样略多或略少。
我有什么事物略多或略少?

风在吹,没有意识到它。
植物活着,没有意识到它。
我活着也没有意识到它,但我知道我活着。
但我是知道我活着,还是只知道我知道?
我出生,我活着,我将会死,被一种难以言述的命运驱使,

我感觉，我思想，我运动，通过某种外在于我的力量，
那么我是谁？

我，身体和灵魂，是某种内在的外在吗？
或者我的灵魂是我的身体——不同于别的身体——
对宇宙力量的意识？
在万物中间，我在何处？
我的身体会死，
我的大脑会解体
成为抽象的，非个人的，无形的意识，
我将不再感觉我拥有的这个我，
我将不再用大脑思考我觉得属于我的思想，
我将不再根据我的意志挥动我挥动过的双手。
我会这样了结吗？我不知道。
如果不得不这样了结，我会感觉很糟糕
确信它不会使我不朽。

1922年6月5日

63 为了看见田野与河流

为了看见田野与河流

打开窗户是不够的。

为了看见树和花

眼睛不盲是不够的。

你还必须舍弃一切哲学。

有了哲学,就不会有树,只有观念。

这里只有我们每个人,像一个酒窖。

只有一扇关闭的窗子,整个世界都在它外面;

如果窗子开着,你能看见的东西是一个梦,

当你打开窗子,它绝不是你看见的东西。

1923 年 4 月

64 刻在我的墓碑上

刻在我的墓碑上

这里躺着

阿尔贝托·卡埃罗

没有十字架

他离开此地去寻找诸神……

无论诸神是否活着,这取决于你们。

对我而言,我听任他们的迎接。

1923 年 8 月 13 日

65 雪在万物之上

雪在万物之上铺了一层安静的毯子。

除了房中发生的事情,什么都感受不到。

我把自己裹在毯子里,甚至不思不想。

我感到一种动物的快乐,若有所思,

我陷入睡眠,像世上所有活动一样并非无用。

66 我随风行走

今天早晨我出门很早,
因为我醒得更早
却没有我想做的事情……

我不知道走哪条路,
而风猛烈地吹,
风推着我的后背,我随风行走。

我的生活总是这样,我愿意一直这样——
风把我推向哪里,我就走到哪里
而不让自己思考。

1930 年 6 月 13 日

67 暴风雨后天来临的最初征兆

暴风雨后天来临的最初征兆。

最初的白云低低地悬浮在暗淡的天空。

它们属于后天到来的暴风雨吗?

我确信,但确信是个谎言。

确信就是不去看。

后天并不存在。

这里所有的只是:

蓝天,有点儿灰暗,地平线上飘着几朵白云,

下面有些脏,就像它们可能会逐渐变黑。

今天的情况就是这样,

由于今天就是此刻的全部,就是一切。

谁知道我后天会不会死?

如果我后天死,和我不曾死相比,

后天来临的暴风雨将是另一场暴风雨,

当然我知道暴风雨并不因为我看见它们而降落,

但如果我不在这个世界上,这个世界将会不同——

它会缺少我——

而暴风雨将会落在一个不同的世界上,并成为不同的暴风雨。

无论发生什么,降落的东西就是当它降落时将会降落的东西。

1930 年 7 月 10 日

68 倒数第二首诗[1]

——致里卡多·雷斯

我也知道如何进行猜想。

在万物中有某种激励它的东西。

在植物中,它在外面,是一个小仙女。

在动物中,它是一个遥远的内在生灵。

在人中,是灵魂,它和他生活在一起,而且就是他。

在诸神中,它有和身体

相同的尺码与空间。

而且就是和身体同样的事物。

因此他们说诸神永远不死。

因此诸神没有身体和灵魂

而是只有身体,他们是完美的。

对他们来说,身体就是灵魂

而且他们的意识存在于他们神圣的肉体里。

1922 年 5 月 7 日

---

[1] 本题目为原诗所有。

69 最后的诗 [1]

(由诗人在他死亡之日口授)

这可能是我生命的最后一天。
我举起右手迎接太阳,
但我并非真的欢迎它,也不是向它告别。
我只是表明我仍然喜欢看见它,如此而已。

1920 年前

---

[1] 本题目为原诗所有。

附录

碎 句

如果你有花,就不需要上帝。

被直接感到的万物可以带来新词。

不同于万物,像万物一样。

或许仙女是树或河的未来。

译后记

对存在之物的观看与表达

佩索阿有很多异名,《牧羊人》的作者是阿尔贝托·卡埃罗(Alberto Caeiro),佩索阿曾以里卡多·雷斯(Ricardo Reis)的名义把卡埃罗描述为一个"客观的诗人","这个人描述世界却不假思索,并创立了一种宇宙的观念——一种完全抵抗解释的观念"。(《阿尔贝托·卡埃罗诗集》序)可以说,卡埃罗体现了佩索阿作为一个客观诗人的倾向。关于自然,卡埃罗有个重要发现:"我没有看见自然,/自然并不存在,/有山、峡谷、平原,/有树、花、草,/有河和石头,/但没有所有这些属于的一个整体。"(《在一个极其晴朗的日子里》)其实他并未否定自然的存在,或者说否定的是作为整体的自然,并以此强调自然的具体性。在他看来,这个世界上只有具体的自然物,而自然物的客观性首先体现在外观方面,而不是内核:

因为我知道从外部理解自然

　　而不是从内部理解自然

　　因为自然并没有内部；

　　如果有内部的话，她就不是自然了。

　　(《神秘的诗人》)

在这里，卡埃罗明确提出自然与"内部"的对立性，即自然没有"内部"，有"内部"就不是自然了。事实上，自然的"内部"是人赋予或强加的，具有强烈的主观性成分。如此诗中引用的神秘诗人所写的句子：

　　神秘的诗人说花可以感觉

　　他们说石头有灵魂

　　他们说河在月光下充满狂喜。

很显然，花、石头与河都是客观的自然物，而花的感觉，石头的灵魂，河的狂喜分明是人的感觉，人的灵魂，人的狂喜，是人把自己的感觉、灵魂和狂喜置入物中的结果。感觉、灵魂和狂喜这三个主观性很强的词就是所谓的"内部"，它来自人为的强加。所以他如此辩驳：

> 但是如果花可以感觉，它们就不是花了，
> 它们将会成为人；
> 如果石头有灵魂，它们就是生物，而不是石头了；
> 如果河在月光下充满狂喜，
> 河将成为病人。

经过这样一番归谬，终于将长期以来附加在物中的主观性清除了："石头只是石头，／河只是河，／花只是花。"这就是自然物的真相。

其次，卡埃罗认为自然物是一种存在，而反对自然物的意义："事物唯一的内在意义／就是它们根本没有内在意义。"（《丰富的形而上学》）很显然，意义和上述的"内部"有联系，可以说，意义是"内部"的沉淀，是主观的凝聚。在《事物的神秘》中，他宣称：

> 是的，这就是我完全凭借感觉学到的东西——
> 事物没有意义：它们只有存在。
> 事物是事物唯一的隐藏意义。

在这里，诗人不仅否定了事物的意义，而且提出了把

握自然的正确方式，即"完全凭借感觉"。可以说，卡埃罗的诗学就是感觉的诗学，而感觉的诗学就是观看的诗学。他声称"我们唯一的财富是观看"（《我们唯一的财富是观看》），"我观看如同受命于天"（《如果有人想写我的传记》）。"我想做的所有事情是观看，似乎我没有灵魂。／我总想观看，似乎我只有眼睛。"（《我从不曾努力生活》）尽管他也提到了倾听等其他感觉，但把它们放在辅助性的位置："甚至倾听对我来说也不过是观看的伴奏。"在卡埃罗看来，感觉与思想是对立的，因此要真正把握自然，就要摈弃思想，只凭感觉。在《牧羊人》中，卡埃罗一再强调对自然的感觉式把握，反对那种思想式认识：

最重要的是知道如何观看，

知道如何不假思考地观看，

知道观看时如何观看，

观看的时候不思考

思考的时候不观看。

（《我们从事物中看到的只是事物》）

我应该观看它们，只是观看它们；

观看它们，直到不再考虑它们，

观看它们，不管时间，甚至不管空间，

观看，能够清除一切，只留下看见的东西。

这是观看的科学，它根本不是科学。

(《生活在现在》)

卡埃罗之所以把观看与思考对立起来，是因为只有观看才能呈现事物，思想总是以"我"为中心的："我观看，事物存在。/我思想，只有我存在。"(《一想到事物》)因此，这个观看者声称："我只要现实，事物本身"(《生活在现在》)，他提醒说"你不能把任何别的东西置于事物中"(《我生活的最终价值》)，而"别的东西"正是被思考进去的主观意识。因此，要学会真正的观看需要做减法，"舍弃一切哲学"。(《为了看见田野和河流》)在《我把美给事物》中，诗人写出了清除主观性，还原事物客观面目的艰苦过程：

一朵花真的拥有美吗？

一颗水果真的拥有美吗？

不：它们只有颜色

形式和存在。

美是不存在的事物的名字

我把美给事物以交换它们给我的快乐。

它毫无意义。

那么，我为什么说，"事物是美的"？

在这里，诗人对事物的"美"进行了反思。他认为事物所有的并非"美"，而是"颜色／形式和存在"这些真实性的因素，所谓的"美"只是事物带给人的"快乐"。通过这种反思，诗人分明意识到事物之美的虚幻性或主观性，所谓"美是不存在的事物的名字"，从而将"美"从事物中剔除，以使人感受事物"绝对真实的存在"。由此可见，在美与真之间，卡埃罗和所有现代派诗人一样重视真，他宣称"真实是世界上最高贵的事情"，并自称是"由自然塑造的人形动物"（《我坚持写诗》），因此可以更客观地观看自然。

卡埃罗的感觉诗学不仅排斥了思考的介入，而且对感觉的纯粹性提出了很高的要求。首先要遵循人的天性和本性，尽量清除传统成见的影响，"擦去他们在我的感觉上涂抹的颜料"，做"一个纯粹感受自然的人"。其次要警惕幻想的诱惑，提倡"全无想象的观看方法"（《阿尔贝托·卡埃罗诗集译序》）。人们似乎天生具有理想化倾向，"他们想要一种比阳光更好的光"，因而在感觉时往往被幻想驱动，或者说感觉习惯于取悦幻想，而幻想无疑是主观的。

因此，卡埃罗强调一个人在感觉时不能"受控于我们心中对幻想的这种需要"，甚至不要考虑"感觉有什么用"（《有时在夏天的傍晚》），最好在感觉时忘记自己在感觉，使它成为一种无意识的存在：

> 我感觉，没有感觉到我的感觉，
> 我观看，没有意识到我观看，
> 而宇宙从不如那时真实……
> （《无论世界的中心是什么》）

显然，对任何诗人来说，感觉的纯粹性都存在着一个限度，因而自然物的客观性也难免存在着一个限度，或者说，即便是像卡埃罗这样"纯粹感受自然"的诗人也只能无限接近客观，却不能完全达到客观。卡埃罗意识到诗人在疾病与愤怒时是非常主观的，这时，诗人与自我处于分裂状态，一旦写作，自然物的客观性几乎会完全遭到破坏。在《病中的歌》中，他认为诗人在疾病中会写出与自己本性相反的东西；在愤怒时也会这样。在谈到《少年耶稣的故事》时，佩索阿以坎波斯（Campos）的名义写道："我清楚地记得我写那首诗的原因。神父 B——坐在我家和我姑妈谈话，他谈的事情使我非常恼怒，我不得不写了那首诗以延续呼吸。因此，它位于我通常的呼吸之外。但恼怒状态并非我内心的真实状态，因此那首诗事实上并不属于我，而是属于我的恼怒，属于和我一样最能感受同种恼怒的人。"(《我的大师卡埃罗回忆录》)由此可见，要写出自然物的客观性需要诗人身体健康内心安静，并与自然物和谐相处，最好如中国古人所说的那样，达到天人合一的境界。

从写作技术上来讲，卡埃罗认为要促成自然物的客观性就得反对修辞，特别是拟人和比喻这些明显体现诗人主观性的修辞：

> 如果水不是我的姐妹，为什么我称它"我的姐妹"？
> 为了更好地感受它？
> 我喝下它比称它某种事物
> ——姐妹，或妈妈，或女儿——感受得更好。
> 水就是水，因此它是美的。
> 如果我称它"我的姐妹"，
> 我明白，即使在我这样称呼时，它也不是我的姐妹
> 它是水，最好称它水；
> 或者，什么都不称呼也比较好，
> 只是喝下它，在手腕上感受它，观看它，

根本无须任何名字。

(《水就是水》)

可以说，诗人在这里并非单纯地反对修辞，而是反对渗透在修辞里的观念：从把水比成姐妹这种修辞还原成"水就是水"的现实，其实就是剥离词语中的主观性，增强事物的客观性。在诗人看来，把水比成姐妹并无助于人与物的亲近感，亲近物的方式是观察它，感受它，喝下它。对水如此，对石头也应这样："有时我开始观察一枚石头。／我不考虑它能否感受。／我不迷失自己，称它为我的兄弟。／但我喜欢它，因为它是一枚石头，／我喜欢它，因为它一无所感，／我喜欢它，因为它与我没有任何亲属关系。"(《事物令人惊奇的现实》)如果说这是对拟人的辩驳，下面的诗则是对比喻的质疑：

但是我为什么要把自己比成一朵花，如果我是我而花是花？

啊，让我们不做任何比拟；让我们观看。
让我们忘记类比，暗喻，明喻。
把一件事物比成另一件事物就是忘记那件事物。

当我们关注它时,什么也不会使我们想到别的事物。

每个事物只让我们想到它自己

而绝不是别的什么东西。

事实是,它把自己和其他事物区别开来

(别的事物不是它)。

一切事物都不同于另一个不是它的事物。

(《我为什么要把自己比成一朵花》)

在这里,对比喻的质疑和拒绝实质上体现的是物的独立性、差异性和不可替代性。所谓"每个事物只让我们想到它自己"。这简直可以视为诗人代物立言的句子。就此而言,卡埃罗的感觉诗学不仅是观看的诗学,更是"物的诗学"。《月光穿过高高的树枝》可谓这方面的代表作:

月光穿过高高的树枝,

所有诗人都说

不只是月光穿过高高的树枝。

但是对于我这个不知道思考什么的人来说,

月光穿过高高的树枝

除了是

>月光穿过高高的树枝，
>
>不会是别的什么
>
>只是月光穿过高高的树枝。

这已不单纯是物，而是物与物的关系，月光与树枝的关系。在卡埃罗看来，无论是单个的自然物，还是自然物之间的关系都没有什么喻意，甚至可以与人没有关系，这就表明了凝结在特定物上的传统喻意其实是诗人主观意识植入的结果。在《同一个太阳》中，诗人提到太阳崇拜这种文化现象，人们首先把太阳视为自然物，后来就把它变成了崇拜物。这样一来，作为自然物的太阳就被遮蔽了，似乎太阳原本就是属人的、文化的。基于对这种现象的反思，诗人特别强调，在太阳崇拜出现之前，人们只是把太阳作为自然现象来观看的："原始人看到日出并不崇拜。／因为这很自然——比崇拜／太阳、上帝和其他／一切不存在的事物更自然。"如果说太阳是个特例的话，卡埃罗更乐于用一种日常现象教导读者如何观看物：

>从远处我看见河上行驶着一条船……
>
>它冷漠地朝特茹河下游航行。
>
>但不是冷漠，因为它与我无关

> 我也不用这个词表达凄凉。
> 冷漠是因为在孤立的轮船
> 这个事实之外它毫无意义
> 朝下游航行无须形而上学的许可……
> 下游通向大海的现实。

可以说,诗人在这里具体演示了如何把物悬置于人之外,或者说如何实现物与感觉的隔离。"冷漠"固然是个感觉词,也不乏主观性,但它是船的冷漠(它本身的无意义,以及朝下游航行的无意义),而不是诗人(诗人并未感到自己被船或船上的人遗弃)或观察者(此时诗人与船形成了观察关系)的冷漠。当然,冷漠也可以显示人与物之间的最大疏离,以及诗人对物最低限度地主观渗入。可以说,"物的诗学"正是冷漠诗学,其本质是真实,它可以最大限度地促成自然的"客观诗意"。必须看到,冷漠只是诗人使事物保持客观性的一种方式,它恰恰出自诗人的热爱之心:

> 我没有哲学:我只有感觉……
> 如果我谈到自然,并非因为我知道它是什么,
> 而是因为我爱它,至于我爱它的理由

是因为在爱的时候你从不明白爱的事物，

也不明白为什么爱，以及爱是什么……

（《我的目光清澈》）

真正的爱就是这样：无理由或说不清理由。卡埃罗还说过"我毫无感伤地热爱事物"（《如果有人想写我的传记》），在某种程度上，"毫无感伤"可以被"冷漠"置换，由此可见，这是一种被热爱促成的冷漠。

在我看来，"物的诗学"不同于波德莱尔的应和论。应和论强调的是客观外物与诗人感觉之间的对应性，大体上属于以物写心的写法，这种写法貌似尊重物，其实仍然是把物作为内心感觉的隐喻；而对卡埃罗这个随其自然的人来说，写作应充分尊重物，并尽力让物如其所是，而感觉只是发现物、呈现物的途径或方式。正是从这个意义上，我认为佩索阿已经把波德莱尔的"应和诗学"改造成了"物的诗学"，一种致力于呈现自然物的客观性的诗学。卡埃罗自称"唯一的自然诗人"（《如果有人想写我的传记》），可以说，他甚至比胡塞尔更早地探索了"现象学"。也许正是从这个意义上，佩索阿把卡埃罗（其实也是他自己）视为一个具有"纯粹哲学气质"的人，一个"由哲学驱动的诗人"，一个具有明确创作纲领的诗人。在《交叉主义者宣言》中，佩索阿考察了文学史以后得出以下结论:"何谓艺术？就是试图给我们提供一种尽可能客观的观念，清晰而准确，不只是作为外在的事物去理解，而且成为我们的思想和精神结构。""艺术寻求的是绝对的感觉，这意味着使感觉尽可能独立于客体。""客体与我们对它的感觉的交叉：交叉主义，严格地说，这就是我们的追求。"在我看来，这种力求客观的艺术观念与交叉主义思想正是促成"物的诗学"的理论依据。

最后谈谈本书的翻译情况。本书收入了佩索阿以阿尔贝托·卡埃罗为异名写的所有诗歌，包括三部分：《牧羊人》组诗49首，《恋爱中的牧羊人》组诗8首，以及佩索阿归于卡埃罗名下的其他69首诗，编为《牧羊人续编》。原诗大多无题，为便于区分，在编号的基础上增加了相应的题目。诗题一般取自该诗的第一句，有时从诗中相对重要的词句取题，还有个别诗属于另外起名。与《坐在你身边看云》相比，这次译稿改动较多，主要是因为《坐在你身边看云》系融合多种英译本而成，尤其看重理查德·泽尼斯（Richard Zenith）的译本。这次修改依据的是克里斯·丹尼尔斯（Chris Daniels）的全译本 *The Collected Poems of Alberto Caeiro*，只有个别地方参考了理查德·泽尼斯的译文。汉译本参考了闵雪飞译的《阿尔伯特·卡埃罗》,但篇目不尽相同。我译的佩索阿出版后,组诗《恋爱中的牧羊人》流传甚广,尤其是《拥有你以前》与《明月高悬夜空》被收入《为你读诗》《有声诗歌三百首》等选本。《那个自娱自乐的小孩》被收入《世界最美儿童诗集》(外国卷)。《读者》也转载了《拥有你以前》等三首诗。在这里我要对读者朋友的认可表示感谢。特别感谢方雨辰女士出版这部译稿!感谢编辑王文洁的精心校对!书中如有不妥之处,敬请指正。

程一身

2021 年 4 月

图书在版编目（CIP）数据

我将宇宙随身携带：佩索阿诗集 /（葡）费尔南多·佩索阿著；程一身译.
—北京：北京联合出版公司，2021.6（2025.4 重印）
ISBN 978-7-5596-5170-9

Ⅰ. ①我… Ⅱ. ①费… ②程… Ⅲ. ①诗集—葡萄牙—现代 Ⅳ. ① I552.25

中国版本图书馆 CIP 数据核字（2021）第 055570 号

我将宇宙随身携带：佩索阿诗集

作　　者：[葡] 费尔南多·佩索阿
译　　者：程一身
出 品 人：赵红仕
责任编辑：郭佳佳
特约编辑：王文洁
装帧设计：孙晓曦　pay2play.design

北京联合出版公司出版
（北京市西城区德外大街 83 号楼 9 层　　100088）
北京联合天畅文化传播公司发行
山东临沂新华印刷物流集团有限责任公司印刷　新华书店经销
字数 92 千字　860 毫米 ×1092 毫米　1/32　7.5 印张
2021 年 6 月第 1 版　2025 年 4 月第 12 次印刷
ISBN 978-7-5596-5170-9
定价：58.00 元

版权所有，侵权必究
未经书面许可，不得以任何方式转载、复制、翻印本书部分或全部内容
本书若有质量问题，请与本公司图书销售中心联系调换。
　电话：64258472-800